Luz Álvarez

Tomás, buscador de la verdad

EVEREST

Dirección Editorial: Raquel López Varela
Coordinación Editorial: Ana María García Alonso
Maquetación: Cristina A. Rejas Manzanera
Ilustración: Luis Alonso
Diseño de cubierta: Jesús Cruz

Carretera León-La Coruña, km 5 - LEÓN
ISBN: 84-241-1314-4
Depósito legal: LE. 827-2006
Printed in Spain - Impreso en España
EDITORIAL EVERGRÁFICAS, S. L.
Carretera León-La Coruña, km 5
LEÓN (España)
Atención al cliente: 902 123 400
www.everest.es

Para Lucía y Sofía,
alegres e intrépidas conocedoras.

Los personajes de esta novela pertenecen al mundo de ficción que para ellos creó su autora y no guardan relación con personas reales.

SUEÑO

Me encuentro en la más espantosa oscuridad. Floto en medio de un vacío tenebroso. Solo, completamente solo y sin nada a lo que asirme. Llevado por un miedo que a la vez me paraliza y me impulsa, abandono la tibieza de las sábanas y salgo a caminar por ese espacio negro que me asfixia. Avanzo a trompicones hasta tocar con los brazos extendidos una de las paredes, fría, extraña, irreconocible. Por fin, a tientas, encuentro un objeto que reconozco; mi mente sugiere nombres: silla, pared... ¿por qué no encuentro el interruptor? ¡A la fuerza tiene que estar por aquí! ¡Éste es su sitio! ¡Detrás de las cortinas! El miedo se mezcla en el estómago con una extraña sensación de cosquilleo, como si me atemorizase y gustase caminar por ese límite entre el mundo real y las sombras aglutinadas ante mis ojos en figuras grotescas que me hacen burla con gestos demoníacos. Y el miedo sube hasta ahogar a las cosquillas, se transforma en pánico y me asalta un ansia irrefrenable de gritar y gritar... mis dedos tocan entonces el interruptor de la luz, lo enciendo, recorro mi cuarto con la vista y me aseguro de que todo está bien, todo está en su sitio. Apago la luz deleitándome en ese acto de mi voluntad y regreso a tientas a la cama. Ya puedo dormirme... Era una pesadilla, eso es, el mal sueño de un niño.

Sí, ya puedo descansar.

—Pero ya no eres un niño, Tomás.

Y tampoco es un mal sueño.

¡Levántate!

¡No puedes descansar ahora, aún no!

—Si no es un sueño, ¿qué hago aquí entonces?

¿Y cómo empezó todo esto?

Capítulo I

Miércoles 17 de febrero. Facultad de Filología, en Santiago de Compostela.

—Señor Sánchez-Novoa, Tomás, ¿no es eso…?

El profesor, ceño arrugado, voz severa, se inclina sobre la mesa de su despacho y mira al alumno por encima de sus gafas de montura de concha marrón, un tanto anticuada.

—Creo recordar —continúa en tono seco— que ya tratamos este asunto la semana pasada; pero usted es un joven muy insistente, muy tenaz, como ya ha demostrado sobradamente a lo largo de su estancia entre nosotros… En fin… terminemos… si es posible con la revisión de la nota que le he puesto a su trabajo sobre la obra de Chaucer, *Los cuentos de Canterbury*, obligatorio para el segundo trimestre del curso.

El profesor, un hombre de unos sesenta y pico años, todavía fuerte y corpulento, habla con autoridad. Se inclina sobre un cajón de su escritorio, rebusca y extrae unos folios con letra impresa y los deposita sobre la mesa. A continuación se sube las gafas y revisa las correcciones en letra pequeña, picuda, que él mismo ha realizado en los márgenes de las hojas con su peculiar estilográfica de tinta azul.

Silencio.

En su despacho de la Facultad, el profesor don Arsenio Sivane, catedrático de Literatura Medieval y Renacentista, de reconocida fama en los círculos académicos por sus sólidos conocimientos en su especialidad, levanta la vista de las hojas, mira fijamente al alumno, y pregunta:

—¿Realmente cree usted que su trabajo merece ni tan siquiera un aprobado escaso?

Hay un punto de fastidio, de hastío, en su voz cuando señala con su dedo índice extendido, huesudo y rígido, los papeles desordenadamente expuestos sobre la mesa.

—Si eso es lo que piensa, o lo que alguien le ha hecho creer, joven, entonces lamento decirle que sobrevalora usted muy ingenuamente sus habilidades críticas y literarias.

Arsenio Sivane se ha puesto lentamente en pie.

Lleva un traje color azul marino bien planchado con una camisa, azul claro, extremadamente limpia y corbata en tonos marrones; un estilo que algunos considerarían un tanto convencional.

—Pero, así y todo, le explicaré, señor Sánchez-Novoa, por qué me niego a cambiar la puntuación de un trabajo en el que ¡se ha atrevido usted a hacer una burla frívola —pronuncia "frívola" como si escupiese alguna sustancia de sabor espantoso—, un remedo insustancial de los *Cuentos de Canterbury*! —en su rostro, de un tono cetrino, han aparecido unas manchas rojizas sobre la frente y las mejillas—. ¡A lo que parece se considera usted a sí mismo con la osadía suficiente para remedar a su autor, el insigne Chaucer! —se ha quitado las gafas con gesto deliberado—. ¡Porque eso es lo que usted ha escrito aquí... una mofa, un escarnio del original... —golpea y sacude los papeles con fuerza—. ¡Escrito probablemente con el único afán de impresionar!

—Disculpe, profesor... —interviene el alumno—, quisiera aclarar que mi intención ha sido dar nueva vida a las historias de los peregrinos, situarlos en un contexto actual... de ninguna manera pretendí hacer algo desconsiderado en contra de Chaucer.

—¡No encuentra desconsiderado manipular al gran autor inglés para presentar una especie de... de... cómic con extraños personajes que deambulan por el camino de Santiago viviendo pintorescas historias armados con el teléfono móvil!

Gesticula moviendo ampliamente los brazos como cuando recita a algún clásico en una de sus clases abarrotadas de estudiantes.

—¡No tiene por qué haber manipulación en recrear a los clásicos! Además, apenas un par de personajes utilizan el móvil... pero si lo que más abunda son las narraciones orales que se cuentan por las noches en los albergues y hospederías...

El profesor alza su mano en un gesto seco para silenciar las palabras del estudiante; luego le mira fijamente durante unos interminables momentos, al tiempo que mueve la cabeza de un lado a otro, con desaprobación. Luego baja el tono para decir:

—Está en su ánimo innovar, supongo, hacer algo diferente, sorprender al fin y al cabo. Tal vez... abrigue usted el secreto deseo de ser escritor, ¿no es cierto? Quizás sueñe con escribir para el cine, o por qué no, llegado el caso, convertirse en guionista televisivo —parece morder estas palabras con rabia—. ¡Busque entonces inspiración en otros lugares! Dedíquese a estudiar las series de televisión, por ejemplo. ¡Pero deje usted tranquilos a los clásicos, se lo ruego! —exclama casi colérico—. Al menos en lo que a mi asignatura se refiere.

Se hace un silencio tenso. El profesor recupera la compostura para advertir:

—Mire usted, para atreverse a reclamar hay que estar muy seguro de que le asisten a uno razones fundadas; llevo treinta y cinco años impartiendo docencia, ocupo una cátedra en esta Facultad de Filología desde hace más de veinte, y todavía tengo que aguantar que algún alumno de primero o segundo curso...

Estoy en tercero, de sobra lo sabe, piensa Tomás.

—... quiera venir a dar lecciones y enmendar la plana, en lugar de aprender a escuchar a sus profesores, que es para lo que han venido a estas aulas.

Golpe seco con el mazo de folios sobre la mesa.

Silencio.

Tomás contempla la mesa de despacho, pulcramente ordenada excepto por las hojas de su trabajo, desparramadas sobre la madera. Observa las paredes, llenas de diplomas y títulos enmarcados. Mira al profesor.

Las miradas de ambos se encuentran.

—Acépteme un consejo, señor Sánchez-Novoa —Arsenio Sivane habla en tono más sosegado—, estudie, estudie bien a los clásicos, lea y documéntese a conciencia. Lea un millar de veces, si es necesario, los *Cuentos de Canterbury*, obra sobre la que usted habla, dibuja y escribe tan ligeramente, y, por favor, déjese de variaciones personales y supuestamente vanguardistas. Yo le he pedido un comentario crítico, no una versión suya en clave moderna. Cuando haya hecho todo eso, regrese a mi despacho y hablaremos de ello. Hasta entonces, buenas tardes.

Sin más que decir, el catedrático comienza a recoger sus cosas para guardarlas parsimoniosamente en la cartera de cuero marrón gastado que habitualmente emplea para transportar su voluminosa carga de apuntes y libros. Luego se incorpora, devuelve un par de libros a su estantería correspondiente y recoge su hermosa pluma azul cobalto con filo de oro que descansa sobre una bandejita de bronce.

Arsenio Sivane tiene fama de hombre metódico y ortodoxo en sus opiniones; defensor de ideas que algunos consideran fijas y anticuadas. Sus estudiantes aprenden enseguida que al profesor le desagradan sobremanera las aparentes modernidades que, según él, tan sólo ocultan falta de rigor y de estudio. También le desagradan los alumnos que acuden a sus clases vestidos con ropa, podríamos decir… casual, complementada por una mochila amplia, una… una bandolera o algo semejante y un comportamiento, cómo denominarlo, arrogante en su ignorancia. Jóvenes estudiantes que se atreven a desafiar la necesaria autoridad jerárquica que, en su opinión, debe regir el mundo del estudio. Justo como el alumno que se sienta frente a él en este momento: Tomás Sánchez-Novoa, delegado del tercer curso, impertinente donde los haya, que ya le dio más de un quebradero de cabeza a finales del año anterior al capitanear aquellas reclamaciones de los estudiantes sobre… sobre cualquier cosa que se les ocurriese.

Tomás permanece sentado, pensativo, sin acabar de decidirse a abandonar el despacho. Siempre que habla con Sivane acaba enfadándose. Golpea despacio con el puño izquierdo el reposabrazos de su silla.

—Nuestra conversación ha terminado, señor Sánchez-Novoa. Nos vemos tras las vacaciones de Carnaval.

Dos golpes secos suenan en la gruesa puerta de madera del despacho.

—¡Pase! ¿Quién es? ¿Qué desea? —responde el profesor.

Al abrirse la pesada puerta de madera aparece a contraluz el rostro sonriente y la figura delgada y ágil de Luis Docampo, profesor de esa Facultad, miembro del departamento que dirige Sivane y profesor de Tomás en la asignatura optativa de Crítica Literaria. Docampo, como le llaman sus estudiantes, tendrá alrededor de cuarenta años y, al contrario que el catedrático, es un profesor que suele caer bien a los alumnos, en especial a las alumnas, no sólo por su aspecto físico, muy atractivo, sino sobre todo por esa mirada amistosa con un punto de malicia, su desenvoltura en el trato personal y el talante cordial con el que se dirige a todo el mundo. Por lo demás, es un docente preparado y capaz; en la Facultad se le considera el discípulo favorito de Sivane y su más probable sucesor en la cátedra.

—Hola, Arsenio, venía a echarte una mano con el nuevo programa informático —señala el ordenador en una esquina—, pero ya veo que estás ocupado, volveré en otro momento.

—Gracias, pero de todas formas no te podría atender ahora, Luis, tengo algo de prisa —el profesor le contesta con sequedad, sin levantar la cabeza de su quehacer—. Te llamaré esta noche, si puedo.

—De acuerdo… —Luis vacila unos instante, mira a su alrededor sintiendo la tensión en el aire—. ¡Ah, pero si eres tú! —exclama al reconocer al alumno—. ¡Tomás, el que va en busca de la verdad! ¿La estás buscando en este despacho ahora mismo?

¡Qué gracioso! A Luis le divierte hacer ese tipo de bromas, ¿burlas?, con los estudiantes. A la mayoría les parece muy ocurrente pero no a Tomás. Es un buen profesor, desde luego; en cierta forma Tomás le aprecia y admira su inteligencia aguda y la habilidad que muestra para relacionar conocimientos de diferentes campos. Pero, por otra parte, le parece que nunca acaba de tener claro a qué carta quedarse con él: si su tono es alegre, burlón o decididamente irónico, si le está tomando el pelo a uno o, por el contrario, es un re-

curso ácido para animarle a descubrir algo por sí mismo. De Tomás dice que es un tipo dotado de un espíritu práctico y escéptico, y de ahí que le haya puesto el sobrenombre de "el buscador de la verdad", en alusión a otro Tomás, aquel discípulo de Jesucristo que se negaba a creer en la resurrección de su maestro hasta que no le viese ante él en carne y hueso y pudiera meter sus dedos en las llagas del crucificado.

Esas bromitas con su nombre habían comenzado a mediados del curso pasado, cuando el grupo de segundo presentó una reclamación oficial que cuestionaba la corrección de unos exámenes por parte de una de sus profesoras, miembro igualmente del departamento de Medieval. Las discrepancias entre las dos partes habían llegado a tales extremos, que los estudiantes acabaron por exigir ser examinados por un tribunal, en lugar de por la titular de la asignatura. Todo aquello, claro está, había causado un gran revuelo en la Facultad, un tremendo disgusto para la profesora implicada y muchos sinsabores para Tomás, que, como delegado de la clase, debió entrevistarse con don Arsenio Sivane, a quien, en su calidad de jefe del departamento, le correspondía actuar de mediador en la disputa primero y como presidente del tribunal examinador finalmente, al no alcanzarse un acuerdo. Por descontado que el catedrático desaprobó públicamente la impertinencia, osadía y atrevimiento de unos alumnos ignorantes, escasamente respetuosos con la autoridad de los maestros, y más amigos de los jaleos que del estudio serio.

Finalmente se llevaron a cabo los exámenes: extensos, completos y rigurosos. El tribunal suspendió a la mayoría de los alumnos por considerar que no alcanzaban los conocimientos mínimos exigibles.

Tomás aprobó por los pelos después de pasarse muchos días encerrado en su habitación, estudiando y, desde luego, prescindiendo de salidas con amigos y de partidos de fútbol en el campus.

Luis Docampo tomó a guasa el incidente; sacó punta a las lágrimas de la desesperada profesora, se rió de los afanados y justicieros alumnos y a Tomás le tomó el pelo en la clase, delante de todos, bautizándole como "el buscador de la verdad". Realmente consiguió divertirse con todo lo ocurrido. Y la verdad es que contribuyó a restarle dramatismo a la situación. Decía que si no fuese por esos barullos de vez en cuando, ¿qué sería de la aburrida vida académica?

—En realidad —interviene el catedrático, mientras termina de cerrar su cartera—, el nombre de Tomás no es de origen judío, ni tampoco cristiano. El significado que tan acertadamente menciona el señor Docampo, se lo ha proporcionado el uso, los diferentes personajes que lo han llevado: Tomás de Aquino, Tomás Moro, Tomás Becket... todos ellos grandes pensadores que buscaban el conocimiento de la verdad mediante el estudio y el saber. Ahora bien, el verdadero origen del nombre es arameo y, en esa hermosa y antigua lengua, Tomás significa "gemelo".

—¿Gemelo? —pregunta Tomás, intrigado—. ¿Gemelo de quién?

—Eso quizá sea tarea suya descubrirlo, ¿no cree usted, señor Sánchez-Novoa? —levanta la cabeza y mira a Tomás directamente—. Buenas tardes.

—Buenas tardes, profesor. Adiós, Luis.

Cuando, al marcharse, cierra la puerta tras de sí, no puede evitar escuchar las últimas palabras del catedrático...

—¡Y este alumno ingresó en la Facultad con las mejores recomendaciones de nuestra querida María Luisa! En fin... todos podemos equivocarnos al juzgar... Por cierto, he quedado en reunirme con ella este domingo.

Se refiere a María Luisa Varela Martínez, la profesora que le dio clase de Literatura a Tomás en los cursos de Bachillerato y con quien éste conserva una buena amistad. Dirigía el grupo de teatro del Instituto, donde el muchacho colaboró durante varios años. Luisa, como Tomás la llama, fue a su vez discípula de Arsenio Sivane y compañera, y al parecer algo más que eso, de Luis Docampo.

Aunque, fuera como fuese, aquello había ocurrido más de veinte años atrás.

Tomás se siente frustrado y enfadado, es algo que le pasa cada vez que tiene que tratar con Arsenio Sivane. Chocan siempre profesor y alumno.

Camina por los corredores de piedra de la Facultad, generalmente rebosantes de estudiantes bulliciosos, pero que, a esta hora de la tarde, con las clases ya finalizadas, están vacíos, silenciosos y envueltos en penumbra.

Acaba de cumplir veinte años. Es un muchacho de estatura mediana, y constitución delgada y fuerte. Su aspecto no tiene nada especial que, a primera vista, llame la atención. Luego, cuando se le observa con mayor detenimiento, gusta de él su cabello castaño que reluce con visos color bronce cuando lo ilumina la luz del sol, y unos ojos de tono gris azulado salpicado de chispas doradas. Es la suya una mirada inteligente, profunda y agudamente observadora, suavizada por una cierta calidez, un matiz de tolerancia que impide que su interlocutor se sienta incómodo frente a esos ojos escrutadores.

Sobre su ceja izquierda luce un lunar redondo como una luna negra.

Estudia tercero de Filología en la Facultad de Santiago de Compostela. Durante el curso vive en esa ciudad, en una residencia de estudiantes, y el resto del año lo pasa en Lugo, con su familia: sus padres y dos hermanas, una mayor que él, Carmen, que ahora está haciendo un curso de inglés avanzado en Edimburgo, y otra más pequeña, María, que pronto cumplirá doce años.

Tomás todavía no sabe a qué se dedicará cuando termine los estudios en la universidad.

—¡Eh, Tomás, espera!

Las pisadas, como las palabras, resuenan en la piedra, produciendo extraños ecos que a Tomás le recuerdan las voces, las risas, las imprecaciones de los peregrinos medievales que circulan por los *Cuentos*; están todos ahí: el alguacil, el monje, la abadesa, el escudero, las damas, el hospedero…

—¡Espera, hombre!

Luis aparece de repente tras él en el corredor. Pronto le da alcance con sus pasos elásticos y elegantes.

—Pero entonces, ¿aún andas a vueltas con el trabajo de los peregrinos y todo aquel lío?

Otra vez esos comentarios que Tomás encuentra tan fastidiosos. ¿Por qué a vueltas? ¿Y de qué lío habla? ¿Lío le llama a su tarea, su esfuerzo de tantos días?

—No te enfades, hombre —le dice al ver el enojo brillando en sus ojos—, sabes que yo encuentro bastante buena tu versión y, en mi opinión, merece una mejor nota. Mira, mañana tenemos reunión de Departamento. Sacaré de nuevo el asunto y entonces veremos si se puede hacer algo al respecto —dice Luis con una sonrisa—, aunque no te prometo nada; cuando Sivane toma una decisión, suele ser definitiva.

—Te agradezco tu interés, pero... mejor, déjalo estar. Voy a rehacer el trabajo estas vacaciones de Carnaval y se lo presentaré de nuevo a la vuelta.

—Como quieras, entonces.

Llegan juntos hasta el arranque de las escaleras que conducen a la planta baja. Siguiendo por el pasillo, a mano derecha, tiene Luis su despacho. A la puerta, en la penumbra de esa hora de la tarde, una muchacha morena, de pelo negro y largo que le cae suavemente hasta los hombros, espera de pie, sujetando una gruesa carpeta en los brazos. Es Mara, también estudiante de la Facultad; está haciendo la tesis con Docampo. Tomás y ella se conocen desde hace años. Estudiaron en el mismo instituto de Lugo, aunque ella iba algunos cursos por delante, con Carmen, la hermana mayor de Tomás. También formó parte del grupo de teatro, donde se conocieron y pasaron muy buenos ratos: ensayando, interpretando, preparando los decorados y el vestuario en las tardes del invierno, después de las clases.

Durante un tiempo salieron juntos... Pero luego ella se marchó a Santiago, y, sin saber cómo, los dos empezaron a cambiar, cada vez se veían menos y cuando se encontraban parecía que ya nada era lo mismo. Aún se ven, de vez en cuando, en alguna fiesta de la Facultad, o en algún bareto de estudiantes, pero ya el trato entre ellos es distinto.

Mara le saluda a distancia con un gesto algo vago de la mano y él le devuelve el saludo.

—Adiós, Tomás, creo que me están esperando; tengo tutoría de alumnos. Pásate algún día de estos por mi despacho y hablamos, ¿de acuerdo?

—De acuerdo.

—¡Ah, por cierto!... el viernes no habrá clase de Crítica, salgo para un congreso.

—Buen viaje y hasta la vuelta entonces.

—Saluda a Luisa de mi parte, si la ves estas vacaciones en Lugo.

Tras despedirse de Tomás alzando su mano, con un gesto típico suyo, rápido y desenfadado, se vuelve para ir al encuentro de la muchacha que espera ante su despacho.

¿Tutoría de alumnos? Piensa Tomás... *¿Pero la tutoría de Docampo no es los lunes? En fin... bueno, si no va a haber clase con él este viernes, me marcho a Lugo mañana por la tarde, así podré despedirme antes de que salgan para Escocia.*

Capítulo II

Jueves 18 de febrero. Viaje a Lugo.

Tomás viaja de regreso a casa en el autobús de línea que sale a las cuatro de Santiago. Es el que más le gusta, porque va no va directo, sino que para en todos los pueblos de la ruta; sube y baja gente, paisanos, habladores unos, taciturnos los otros, todos ellos singulares. A él le gusta fijarse en las personas, oírlas hablar con lengua viva, observar sus rostros curtidos, intentar comprender la vida que hay detrás de sus manos trabajadoras y sus conversaciones a gritos o en voz baja.

A mitad del viaje, aprovecha un rato en el que el autobús está silencioso, para echar un vistazo al periódico. Empieza por Deportes, Internacional, Nacional y termina con el Suplemento Cultural de los jueves. En una de sus páginas aparece una reseña que le llama la atención.

El monasterio de Fontsanta, situado en el llamado Camino Francés a Compostela, ha iniciado hace algunos meses una serie de trabajos de investigación encaminados a sacar a la luz el valioso legado de códices e incunables, así como documentos, dibujos y grabados de gran valor histórico y artístico que, desde hace siglos, guarda entre sus muros, con la finalidad de hacer esos valiosos fondos accesibles a estudiosos e investigadores y a todo el público interesado.

Como responsable de llevar a cabo estos trabajos se ha nombrado al catedrático de Literatura Medieval y Clásica don Arsenio Sivane, de reconocido prestigio profesional en los medios académicos.

Profesor, realmente tiene ante usted una tarea de gran responsabilidad; quizás sea por eso que en las últimas semanas ha estado más intratable de lo habitual.

El jueves por la mañana, bien temprano, los padres y la hermana pequeña de Tomás se afanan cerrando bolsas y maletas, recogiendo cepillos de dientes, bufandas, guantes... ultimando los detalles de su equipaje. El avión sale a primera hora de la tarde del aeropuerto de Santiago. Todo son prisas, revuelto de maletas y los nervios que preceden a un viaje.

Bueno, se cruza la madre, dame un beso, hijo, ¿estarás bien? Sí, mamá... Anda, daos prisa que vais a llegar tarde. No sé qué me da dejarte aquí solo durante las vacaciones. De comida te he dejado preparadas varias cosas que te gustan, las tienes en la nevera, y tienes orejuelas de Carnaval recién hechas en la despensa, están tapadas con un paño blanco para que no se sequen. Gracias mil, eres un sol, madre. Me habría gustado que nos acompañases a Edimburgo, ¡con lo bien que te iría practicar el inglés! Aparte de que es una ciudad maravillosa. En otra ocasión iré, madre. Es que quieres quedarte a estas fiestas, ¿verdad? No, no es por eso. Me quedo a estudiar, ya lo sabes, que los exámenes están a la vuelta de la esquina. Bueno, dame un beso, pero si ya te lo he dado, ¡pues dame otro, que para eso soy tu madre! Dejaremos el coche en el aparcamiento del aeropuerto para tenerlo a la vuelta. A ver si este verano te animas a sacar el carné de conducir. Adiós, Tomás. Adiós, María.

María, la hermana pequeña, se parece mucho a Tomás: el mismo pelo color castaño dorado, los mismos ojos grises de mirada inteligente salpicados de cálidas motas doradas. Abraza alegre a su hermano, al que adora.

¿Me traerás un recuerdo, alguna cosa que te guste, hermanita? Claro, hermanito. Vamos, que se nos hace la hora. Os ayudaré a bajar alguna bolsa, trae, dame la maleta grande. No, déjalo, ya nos arreglamos, que no vamos a caber todos con tanto bulto en el ascensor.

—Adiós, hijo —se despide el padre con un abrazo.

—Dadle muchos recuerdos a Carmen de mi parte.

—Te llamamos nada más llegar.

Y, de repente, la casa se queda vacía y en silencio. Tomás cierra la puerta y va a asomarse a la ventana del salón para un último adiós. Allí abajo se elevan en un saludo las pequeñas manos de su hermana. *Realmente*, piensa el muchacho, *creo que he cometido una tontería quedándome ¡a estudiar! Prometen ser las vacaciones más aburridas de toda mi vida.*

Efectivamente, ese fin de semana, Tomás se aburrió muchísimo solo en casa, estudiando y poco más. El panorama se presentaba realmente desalentador. La mayor parte de sus amigos pasaban los días de vacaciones en el pueblo o estaban entregados en cuerpo y alma a las fiestas del Carnaval, que esta vez, y al contrario que otros años, a Tomás no le apetecían nada, pero lo que se dice nada. Definitivamente tenía que haber hecho caso a su madre e irse a Edimburgo con ellos. Había sido un error renunciar a un viaje y estar con su familia por… ¡estudiar! Aunque, por otra parte, este curso no iba demasiado bien en los estudios, quizás se había distraído un poco con unas cosas y otras: el equipo de fútbol, las salidas, las reuniones de delegados… en fin. Se puso a leer unos apuntes con desgana. Visitó la nevera en varias ocasiones y en todas ellas agradeció las artes de su madre para la cocina. Salió un par de veces a dar una vuelta. Envió algunos correos. Navegó por la red sin rumbo alguno. El lunes por la tarde, víspera del Carnaval, tenía la sensación de estar como una fiera enjaulada que da vueltas y más vueltas en espera de algo. Y esa aparente espera le resultaba incómoda, le ponía nervioso. Así que salió a dar una vuelta por la ciudad. Le apetecía caminar por la muralla. Sentía fascinación por esa sólida construcción romana que lleva en pie más de veinte siglos. Caminar por la parte superior siempre le ayudaba a desconectar, ya que, dada su forma circular no tenía que preocuparse de adónde ir, los pies hacían el camino ellos solos.

Recorro un espacio que ha sido transitado durante más de dos mil años: la puerta do Campo Castelo, la torre da Mosqueira, siempre me imagino a un soldado romano vigilando esta entrada, la puerta de San Roque, la puerta de la Estación... siete puertas más y vuelta a empezar... Un año llegó un alumno nuevo a la clase. Venía de una ciudad del sur y era un chaval que se fijaba en todo. Comentó en clase de Literatura que lo que más le había alucinado de Lugo eran las murallas; le parecía a él que se cerraban sobre la ciudad para protegerla y, al mismo tiempo, asfixiarla.

—Toda edificación tiene sus escaleras, rampas y puertas, para entrar y salir —le había respondido Luisa—, aunque no sean aparentes a primera vista. En todo laberinto se entra e igualmente se sale.

Se bajó en la puerta de Santiago –llamada así porque por ella salían los viajeros camino a Compostela–, y continuó hacia el centro de la ciudad donde la oscuridad, el jolgorio y el desorden del Carnaval se habían adueñado de las calles en una bulliciosa alianza.

Hacía frío y estaba empezando a lloviznar. Decidió entonces pasarse por el pub "Mobilius", lugar favorito de reunión de muchos amigos de Tomás.

En cuanto abre la puerta, le sale al encuentro un jaleo tremendo animado por música a todo volumen, gritos y cantos desaforados. Nadie conocido a la vista. Sólo máscaras y ruido, mucho ruido. *Los Carnavales son como todas las fiestas: o las vives de primera mano o te resultan un verdadero*

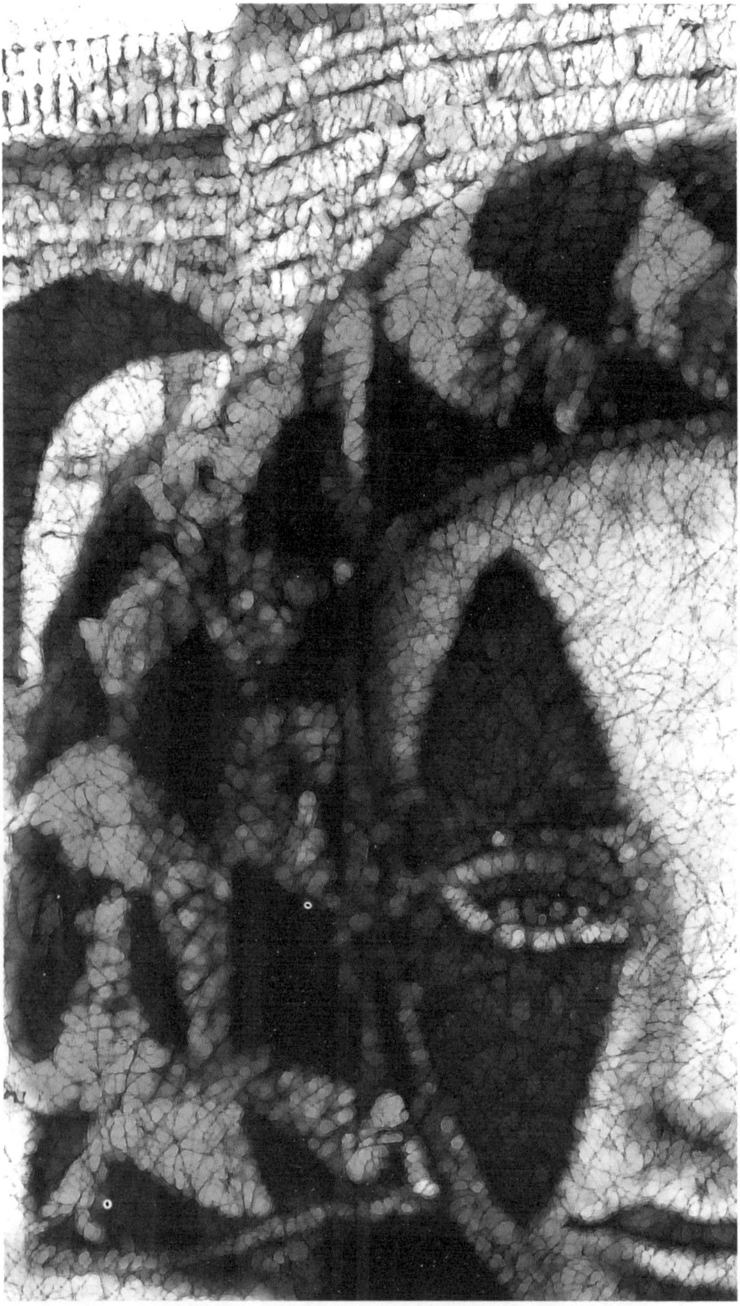

muermo, del latín morbos, es decir, enfermedad. Creo que se me está yendo la olla por momentos, debe de ser el exceso de estudio y la falta de compañía.

Fue al echar la última ojeada antes de marcharse cuando, para su sorpresa, descubrió, en un rincón oscuro en el extremo de la barra… a Mara, acompañada de ¡Luis Docampo!

Ellos también le vieron a él.

—¡Hombre, Tomás, nuestro buscador particular!

—Hola. ¡Qué sorpresa, tú por estas tierras!

Tomás no tenía idea de que la amistad entre aquellos dos fuese tan lejos.

—He invitado a Luis a conocer los Carnavales de la ciudad, le he hablado muchas veces de lo alegres y parranderos que son —explica Mara, mirando de refilón a uno y a otro. Se revuelve en su taburete y parece algo incómoda.

Un ser disfrazado de diablo que pasa entre ellos les empuja como sin querer pero queriendo.

—¿Tú no te disfrazas, Tomás? —pregunta Docampo.

—Este año, no.

—Ya, de cualquier forma, todos llevamos alguna máscara el resto del año, ¿no cree el alumno aventajado?

—Seguramente. Y algunos más de una.

—Ja, ja, ja —Luis se ríe con ganas ante el lacónico comentario del muchacho—. Tienes mucha razón. Bueno, ¿seguimos nuestra ruta, Mara?

—Sí, claro.

—Adiós, Tomás.

—Adiós. Hasta otro momento, Luis. Nos vemos, Mara.

Tomás se marchó a casa de bastante mal humor ¡Qué vacaciones espantosas le esperaban! Cuando llegó, se encontró dos mensajes en su móvil: primer mensaje, recibido el lunes día 22 a las 19 horas, 27 minutos: "Estamos en Edimburgo. Hace mucho frío y nos gusta la ciudad. Un abrazo hermanito. María". Mensaje número dos, recibido el lunes día 22 a las 17 horas, 21 minutos: "¿Podrías acompañarme mañana hasta el monasterio de Fontsanta? Es urgente. Un saludo. Luisa".

CAPÍTULO III

Martes 23 de febrero. Visita a Fontsanta.

—¿Tú sabías que Arsenio Sivane llevaba varios meses trabajando en los archivos del monasterio de Fontsanta?

—Lo leí la semana pasada en el periódico. Pero él nunca nos ha comentado nada al respecto en clase.

—Ya le conoces; es un hombre muy discreto. Suele ir al monasterio los fines de semana y parte de las vacaciones.

Luisa conduce el automóvil por carreteras sinuosas que, partiendo de la llanura se adentran poco a poco en zona montañosa. Es una mujer de unos cuarenta y algunos años, muy guapa. Lleva el abundante pelo negro recogido en un moño bajo de estilo español, excepto unos mechones que enmarcan, estudiadamente, su cara morena. Luisa tiene unos ojos negros, luminosos, que pueden clavarse o acariciar según el caso, gestos lentos y cuidados y voz preciosa, profunda y redonda, hecha para recitar poemas o para declamar un buen papel. "Los buenos profesores acaban por ser un poco actores, actrices". Enseñaba Lengua y Literatura Española y en sus clases era estricta, "no creas, cada vez lo soy menos, es lo típico que se dice, que me estoy ablandando con la edad". No consentía muchas tonterías ni tampoco comentarios fuera de lugar y en los exámenes no pasaba cualquier cosa. Había que estudiar en serio y sobre todas las cosas, lo más importante para ella: había que leer, leer y leer la obra, nada de resúmenes del libro, mucho menos ver películas con la intención de evitar la lectura del original. Además de las clases, llevaba el grupo de teatro.

—Y dices que le vieron por última vez la noche del sábado, ¿no es eso? —comenta Tomás, sentado a su lado.

—Sí, en el comedor, a la hora de la cena.

Desde la ventanilla del coche se ven los prados verdes, cubiertos por una ligera gasa blanca de escarcha, habitados por las pocas vacas que pastan en ellos y alguna que otra mujer, a veces es un anciano, que las cuida.

Es temprano y el viento sopla frío, pero, tras la lluvia del día anterior, la mañana aparece despejada y el sol suave hace fulgurar el verde del paisaje.

—¿Has dado ya parte a la policía?

—Desde luego, también hemos llamado a los hospitales, pero nada, no hay ninguna noticia suya.

—Ha pasado muy poco tiempo, ¿no crees que te preocupas demasiado?

—Es un hombre mayor, Tomás. Fue mi profesor hace muchos años, tantos como tienes tú, y ahora es un buen amigo. No tiene más familia cercana que una anciana prima. ¿Quién se va a ocupar si no?

—Está bien, está bien... ¿Y desde cuándo dices que no has tenido noticias del profesor?

—El sábado pasado me dejó un mensaje en el contestador de casa, decía que pasaría por Lugo en su camino de vuelta y que podríamos vernos el domingo día 21 a las once en el Café Comercial para ultimar el asunto de los cursos de verano en la Facultad. Ya sabes que organizamos juntos esos cursos. Horas más tarde, dejó otro mensaje en el que me decía, con voz nerviosa y palabras atropelladas, que por favor no faltase a la cita del domingo, que era muy importante que nos viésemos porque quería comentar conmigo un asunto muy, muy delicado y confidencial. He comprobado el número que aparecía en la pantalla de mi teléfono.

—¡No me lo digas, era el del monasterio!

—Efectivamente, uno de ellos.

—¿Por qué no usó su móvil para hacer la llamada?

—Probablemente no haya cobertura; es una zona entre montañas.

—Entonces no os llegasteis a ver en Lugo.

—No, no acudió a la cita. Le esperé durante hora y media, pero no apareció. Ya sabes que eso es rarísimo en él. Así que llamé de nuevo a su móvil; estaba desconectado.

Desde entonces, ni una señal por su parte… pero —Luisa le mira, esta vez es ella la que enarca las cejas—, ¿no me decías hace un rato que no te interesaba el asunto, que los problemas de Arsenio Sivane no eran cosa tuya y que sólo venías por acompañarme?

—Y lo mantengo. No iba a dejarte venir sola, y más teniendo tiempo como tengo ahora en vacaciones. Además, ya sabes que no puedo resistirme al desafío de un misterio, aunque sea pequeño.

—Mira, estamos llegando a la abadía de Fontsanta.

La estrecha carretera que durante kilómetros ha estado cercada por laderas montañosas, discurre ahora por un terreno más abierto. A lo lejos, en medio del valle, surge majestuoso, imponente: es el monasterio de Fontsanta. Un grupo de edificios construidos con sillares de granito y techados por losas de pizarra que relucen con un hermoso y húmedo brillo gris azulado; el convento, residencia exclusiva de los monjes, la iglesia adyacente, abierta a los parroquianos de la comarca y al público en general, el antiguo hospital de peregrinos, hoy convertido en hospedería. Todo el conjunto rodeado por altos muros de piedra que cierran el patio, el jardín y el huerto. Ciñendo armoniosamente el recinto por el lado este, discurre un río de aguas limpias que nace en las montañas cercanas.

En el aire terso de la mañana resuena el sonido de las campanas llamando a la oración.

—¡Es magnífico!

—Y en un enclave privilegiado.

Aparcan el coche frente a los muros del patio y se dirigen a la que parece la puerta principal. Hacen sonar una pesada aldaba que reposa sobre la gran puerta de madera labrada. El sonido retumba en un espacio interior lejano y profundo. Pasan los minutos, pero nadie acude a abrir.

Golpean de nuevo, y tras una larga espera bajo el frío húmedo de la mañana, escuchan el rumor de pasos que se aproximan. Se oye un ruido metálico, un descorrer chirriante de pestillos. Unos ojos les escrutan a través de la mirilla.

—¿Qué desean? El horario de visitas guiadas comienza a las diez y media —dice la voz de un anciano en tono severo.

La figura que habla permanece oculta tras aquella oscuridad enrejada.

—No venimos de visita turística, hermano —responde Luisa—, tenemos cita con el abad de Fontsanta a las diez. Y ya son casi

—¿El abad?... Miraré a ver, esperen ahí.

La mirilla se cierra con un golpe seco y el rumor de pasos lentos, demorados, se aleja hacia el interior del convento.

Pasan los minutos y los dos visitantes siguen de pie, esperando.

Luisa se sube el cuello de su abrigo y taconea en el suelo para ahuyentar el frío. Mira al muchacho con sus ojos luminosos.

—Hacía tiempo que no nos veíamos, ¿cómo te van las cosas por la Facultad?

—No tan bien como quisiera.

—¿Qué ocurre? ¿Alguna asignatura atragantada?

—Tu amigo, el catedrático de Medieval, que me tiene frito. La ha tomado conmigo.

—¿Arsenio? ¿Cómo es eso?

—En los exámenes nunca me pone una nota más alta de seis, aunque me mate a estudiar, y en el último trabajo que le entregué me suspendió, aparte de decirme que yo era un vanguardista iconoclasta, cosas que, por lo que sé, le ponen los pelos de punta.

—¿Sobre qué era el trabajo?

—Sobre la actualidad ética y estética de los cuentos de peregrinos, tomando como punto de partida los *Cuentos de Canterbury*.

—¿Y bien?

—Seleccioné algunas de las historias de la obra, las que me parecían más atractivas para un lector actual, e hice una versión moderna de algunas de ellas, situándolas en nuestra época: imagínate un grupo de peregrinos a Santiago de Compostela que se encuentran en un momento de su camino. El azar, o el destino, les ha unido en esa encrucijada de tiempo y espacio. En ese encuentro, cada uno cuenta alguna historia que ha vivido o de la que ha sido testigo directo. En mi versión hay varios personajes: una especie de *freak* melenudo, con pendientes en las orejas, que se dedica a denunciar los excesos de las multinacionales de turno, el desastre ecológico y la sobreexplotación de los recursos mundiales. Otro, contrapunto del anterior, un ejecutivo al que acaban de despedir, un tipo sin demasiados escrúpulos que se ha lanzado al camino en búsqueda de algo que todavía no sabe lo que es. Aparece también una mujer poderosa, que ocupa un alto cargo político pero que quiere pasar desapercibida; ella es la versión moderna de la abadesa de Chaucer. Y una muchacha que vive de *okupa* porque se ha peleado con sus padres y va en busca de... Tomé fotos de monasterios y conventos, realicé ilustraciones y ese material escrito y gráfico lo pasé a un CD donde iba acompañado de un fondo musical de cantos gregorianos. Finalmente ilustré todo el trabajo mediante un programa informático que permite pasar imágenes a dibujos tipo cómic.

—Bueno, dicho así suena muy sugerente, otra cosa es cómo lo hayas resuelto en la práctica. Me gustaría ver el trabajo, si tienes alguna copia.

—Puedo enviártelo por e-mail.

—Hazlo, por favor. Quizás podamos aprovechar la idea para el grupo de teatro.

—Pues lo que te decía antes, a Sivane le pareció un horror, casi una profanación del original.

—Ya me lo imagino —Luisa se ríe con ganas—. A mi querido profesor no le gustan nada ese tipo de innovaciones; las considera extravagancias innecesarias; "la ortodoxia, María Luisa, respetadme la ortodoxia en el trato con los clásicos. No tenemos nada que inventar sobre ellos, simplemente leerlos, aprender de ellos... y amarlos tal y como han llegado hasta nosotros". Del tema sabe, date cuenta que él hizo su tesis doctoral sobre Literatura Medieval Europea Comparada.

—Ese catedrático será una eminencia en su campo, pero…

—Lo es, además de una persona muy cordial cuando se le conoce. ¿Sabes?, me da la impresión de que el profesor te pedía un ensayo de crítica literaria, no un ejercicio de ficción, y por eso no admite tu trabajo. De todas formas, Tomás, piensa que no siempre vemos recompensados nuestros esfuerzos a la primera. A veces hay que volver sobre algo una y otra vez para conseguir que te salga bien. Acuérdate de los ensayos, la de horas que nos llevaban… y las veces que repetimos una misma escena. Eso sin contar con que una vez que sacas tu obra al mundo debes aceptar que a los demás puede no parecerles tan fascinante como a ti.

—Pues a Docampo le gustó mucho. Por cierto, me dio recuerdos para ti.

—¿Luis Docampo?

En ese preciso momento, alguien descorre de nuevo la mirilla y la misma voz de antes les indica que vayan hacia la otra puerta: "sí, por esa pequeña que hay a su derecha, esperen allí hasta que vaya a abrirles".

—Pasen.

Un monje les franquea la entrada y pasan a un zaguán espacioso y oscuro. No enciende la luz que cuelga en el techo.

—Presten atención a los escalones. Ven bien, ¿no?, pues entonces no es preciso gastar luz cuando es de día. Síganme.

Apenas han avanzado unos pasos, cuando el portero se gira para observarles con detenimiento.

—¿Y entonces de dónde dicen ustedes que vienen?

Sabe que ninguno de los dos ha mencionado de dónde vienen, pero la pregunta es una forma indirecta, sutil, de sacar información de los visitantes.

El monje portero es un hombre ya mayor, flaco y encorvado bajo su hábito de color pardo que lleva atado con un cordón negro a la cintura. Calza sandalias de cuero gastado por el uso y camina despacio mientras les conduce a través del patio interior. A pesar de su edad avanzada, todavía conserva fuerza y una cierta gallardía en sus movimientos.

Entran al edificio principal por una portezuela, giran a la izquierda, luego a la derecha y llegan a la claridad del claustro del monasterio: una galería interior de planta cuadrada construida alrededor del patio central del edificio, formada por columnas de piedra rematadas con capiteles en los que se han labrado elementos vegetales, animales mitológicos o seres demoníacos que parecen devolver una mirada burlona, casi cruel, a aquel que los observa.

—Románico —el monje extiende una mano sarmentosa en dirección indeterminada—, como ya habrán apreciado ustedes.

Al decir estas palabras, les mira de arriba abajo como para calibrar si realmente son gente que pueda valorar esos detalles artísticos.

—Románico tardío —comenta Luisa.

—Eso es, señora. Veo que entiende usted de Arte. ¿Ya ha estado aquí anteriormente?

—Sí, en varias ocasiones. Fontsanta no se acaba en una visita.

El rostro arrugado, seco y severo del monje le asemeja a las gárgolas que les observan pétreas y fieras desde el borde de los tejados.

—¡Qué cierto es lo que acaba de decir usted!

Suelos de piedra, paredes de piedra y el cielo azul plomizo sobre sus cabezas. Árboles centenarios, cipreses en su mayoría, y algunos parterres armoniosamente distribuidos, ocupan la parte central del patio, alrededor de una fuente de granito labrado: cuatro cabezas de hidras que salen de un tronco común hecho de escamas de piedra, de cuyas fauces mana agua fresca y limpia, en un rumor continuo y rítmico que acompaña sin molestar. El claustro aparece pulcramente limpio y cuidadosamente arreglado. Todo el entorno invita a la tranquilidad y al sosiego del cuerpo y del alma.

Sobre uno de los arcos de piedra, aparece grabado:

Ora et labora

Reza y trabaja, el lema de la vida monacal.

El portero se vuelve hacia los visitantes y clava en ellos una mirada, en la que destella un punto de suspicacia, ¿o es desconfianza?

—¿Qué les parece?, ¿les gusta a ustedes?

—Desde luego —responde Luisa—, es una obra magnífica, todo el monasterio lo es.

—Es impresionante todo este trabajo en la piedra…

El fraile escucha atentamente esos comentarios, parece afirmar con unos leves movimientos de su cabeza y exclama:

—¡Una obra en piedra para exaltar una fe inmutable!

Con un gesto de su mano, del color de la madera vieja, les indica que sigan adelante. Caminan por el corredor de piedra admirando las columnas torneadas, los capiteles labrados con figuras antropomórficas que se descuelgan desde ellos con gestos horribles y obscenos y miradas terribles hacia quien las contempla.

—Observen la ornamentación vegetal: el helecho, el lirio, la rosa, cincelados en la piedra…

—¿Por qué esta decoración de plantas? —pregunta Tomás—. ¿Por qué los escultores mezclaban los helechos, que son maleza, con las flores?

—¿Maleza, dice usted?

El portero detiene el paso, ladea su cabeza cana para mirar a Tomás largamente. Despacio, casi se diría que hay melancolía en su gesto, con su mano gastada, gris como la piedra gris, acaricia uno de los capiteles que rematan las bellas columnas de la galería.

—La decoración vegetal responde a un simbolismo profundo en el cristianismo: el helecho, por crecer en lugares escondidos, poco vistosos, simboliza la humildad con la que el monje debe realizar su labor de forma callada, sin vanagloriarse de ella. En el lirio se expresa la pureza que debe regir la vida del ermitaño… y la rosa… la hermosísima rosa es la imagen de la reencarnación, la regeneración mística y el ciclo eterno de la vida. Atiendan por el contrario a las figuras demoníacas: son avisos al buen cristiano de lo que le podría ocurrir si se conduce sin respeto o temor de Dios. ¡Son metáforas esculpidas en piedra que han hablado a los hombres durante siglos! —clama con voz potente, casi enardecida—. ¡Maleza! —repite con desdén—. ¡Mentes modernas nubladas por la ignorancia!

El monje permanece unos instantes quieto, dramáticamente estático, tanto que, por un momento, Luisa y Tomás creen hallarse ante una de aquellas centenarias figuras graníticas, escapada de los muros de piedra.

—Vean esto; hoy en día ya no se podría hacer una obra así, ni soñarlo... en la época en que se construyó este santo lugar, en la Edad Media, los canteros, trabajaban duramente... muchas veces por la taza de caldo diaria y poco más. Muchos de entre aquellos hombres eran maestros que ponían su trabajo al servicio de una gran obra colectiva; ¡era la obra de su vida! —exclama, excitado, en un tono de voz agudo y gesticulando con ademanes enérgicos.

—He leído que muchos morían en esos trabajos —apunta Tomás.

—¿Morir? —el monje le mira de hito en hito—. ¿Acaso no es ése el destino final de todos nosotros?

Su voz suena helada en la fría atmósfera del claustro.

—¡Lo que importa es cómo y para qué se vive, muchacho! Ahora se trabaja por mucho más que una taza de caldo y un trozo de pan de centeno, sin duda está bien que así sea, ¿pero se siente alguien partícipe de una gran obra colectiva o sencillamente están a ganar el salario para gastarlo en cientos de cosas superfluas, inútiles, muy modernas... muchos artículos de todo tipo, ropas, aparatos electrónicos, teléfonos móviles y todo eso...?

—Discúlpeme, por favor —se excusa el muchacho—, no era mi intención molestarle.

El anciano monje no le responde, mira melancólico hacia el interior del claustro. Emprende de nuevo el camino. Tomás y Luisa le siguen y le observan admirados: es un hombre singular en sus palabras, en sus gestos, e incluso en su porte: parece salido de otra época.

Se detiene ante una puerta y les hace una señal con la cabeza para indicarles que ya han llegado a su destino.

—¡Anda, pero si es un gato! —exclama Tomás de repente al notar algo cálido, vivo, que se desliza entre sus tobillos.

—Es otro habitante de la casa —dice el monje—, buen cazador de ratones; sabe ganarse el sustento.

—¿Tienes nombre? —pregunta Tomás, agachándose para rascarle detrás de las orejas suaves de terciopelo—. ¿Cómo te llamas?

—Gato —responde el monje por él—. Viven varios con nosotros, a todos ellos les llamamos Gato o hermano Gato.

—Eh, Gato, ven aquí —Tomás desliza suavemente la mano sobre el pelaje negro y blanco del animal, que acepta la caricia con un ronroneo suave.

—Me extraña que se deje tocar, nunca consiente que se le acerquen gentes desconocidas —comenta el hermano portero—, bueno, pues aquí es —llama a la puerta con sus nudillos resecos.

—Pasen, adelante —se oye una voz dentro.

—Ya lo han oído, pasen ustedes... —el portero se da media vuelta y se aleja arrastrando sus pies y murmurando para sí mismo algo sobre una taza de caldo y su relación con el tiempo, los teléfonos móviles y la eternidad.

—Adiós Gato —Tomás se despide del animal, que se sienta frente a la puerta sobre sus patas traseras, como si se dispusiese a esperarles.

El despacho del abad es un cuarto amplio y luminoso, limpio, como todo en aquel lugar, con paredes y suelo de piedra. Junto a la ventana, con el fin de aprovechar al máximo la luz natural, se coloca una mesa de trabajo, llena de papeles y libros apilados en cierta confusión. A ella se sienta un monje, que se incorpora para salir a su encuentro.

El abad es un hombre de unos cincuenta y pico años. Vestido él también con un hábito marrón oscuro ceñido por un cordón, igual que el del portero, su atuendo tan sólo se diferencia en que el abad lleva al cuello una cadena muy gruesa de la que pende, a la altura del pecho, una gran cruz.

Les recibe con sencillez y les invita a sentarse en unas cómodas butacas dispuestas alrededor de una mesa baja situada en una esquina de la sala. Allí estarán más cómodos que en la mesa de despacho.

—Buenos días —saluda primero a Luisa y luego mira a Tomás con ojos atentos, observadores.

—Buenos días. Como recordará, hablamos ayer por teléfono sobre el asunto que nos trae hoy aquí. Quedamos en que lo trataríamos hoy personalmente.

—Sí, claro está, es usted María Luisa Varela, antigua alumna y actual colaboradora y amiga de don Arsenio Sivane. Y el joven que la acompaña es...

—Tomás Sánchez-Novoa. Antiguo alumno mío que actualmente estudia Filología. Me acompaña en calidad de amigo.

—Mucho gusto en conocerles.

—Igualmente, hermano. Verá usted, nosotros venimos a interesarnos por el profesor. No sé si estará usted al tanto de que don Arsenio apenas tiene familia cercana, tan sólo le queda una prima muy mayor que vive en Santiago y que no está para andar en muchos jaleos...

Luisa calla al ver el gesto grave que muestra el rostro del abad.

—Continúe, se lo ruego.

—El motivo de esta visita temprana es nuestra preocupación, o perplejidad, no sé cómo denominarlo exactamente, ante la inexplicable ausencia de mi antiguo profesor.

—El estimado profesor... ¿qué es lo que está pasando? —dice él. Una profunda arruga ha aparecido en su frente.

—No tenemos noticias suyas desde este último fin de semana, que, como usted sabe, pasó en esta casa. Sabemos que estuvo en Fontsanta porque me dejó un mensaje en el que me recordaba nuestra cita en Lugo el domingo día 21 por la mañana. Usted mismo me comentó ayer por teléfono que la noche del sábado fue visto en el comedor a la hora de la cena. El número desde el que el profesor hizo la llamada quedó registrado en mi aparato. Ese número se corresponde con el del monasterio. Desde entonces nadie conoce su paradero.

—Ya. Comprendo.

El abad ha escuchado con atención. Los ojos pequeños, una nariz algo aguileña, el perfil afilado de su cara y el gesto concentrado, hablan de un hombre reflexivo, acostumbrado a sopesar los asuntos que tiene entre manos. Al terminar Luisa sus explicaciones, se incorpora y se dirige a su mesa de trabajo, de donde coge un libro grande, de tapas rojas.

—Tras nuestra conversación de ayer tarde, decidí consultar en el registro de la hospedería las fechas de entrada y salida del profesor. No sé si estarán ustedes al tanto de que el monasterio dispone de un servicio de hospedaje para aquellos que lo soliciten. Arsenio no es un huésped, sino nuestro invitado, dado que él lleva a cabo una importantísima labor en el monasterio, como es la puesta al día de los fondos de nuestra biblioteca. De todas formas, invitados o huéspedes, todas las visitas que pernoctan aquí, aunque sea tan sólo por una noche, quedan registradas.

Abre el dietario, lleno de anotaciones, de fechas y nombres. Y se coloca sus gafas.

—Aquí está su entrada... como pueden comprobar, el profesor llegó al monasterio el jueves día 18 de febrero... y se marchó el domingo 21, su firma está bajo la fecha de salida.

La letra picuda, de caligrafía algo anticuada, destacaba en tinta negra sobre el papel.

—El profesor acostumbra a aparcar su coche dentro del recinto, en el patio interior, en lugar de dejarlo en la explanada que hay ante la hospedería; una deferencia que teníamos con él. Pero ahora el coche ya no se encuentra allí. Así pues, todo indica que se marchó, lo que ocurrió después... Por nuestra parte, esto es todo lo que les puedo decir. ¿Han consultado el caso con la policía... llamado a los hospitales? —continúa el abad, inclinando su cuerpo hacia delante en la silla—. Por si fuera el caso de que este hombre hubiese sufrido algún accidente de automóvil en el trayecto a Lugo. A veces las personas mayores se detienen a contemplar el paisaje o bajan a estirar las piernas y todo el cuerpo y se pierden...

—Nos hemos puesto en contacto con el servicio de Ayuda en Carretera —explica Luisa—, los hospitales y también con la policía, pero nadie tiene noticia alguna, ni puede aclarar nada. Tampoco ha aparecido su coche en la carretera, como hubiese sido lo esperable si él se hubiese bajado a dar una vuelta y se hubiese extraviado en el monte.

—¿Quién es el hermano encargado de los registros? —pregunta Tomás—. Me refiero a quién fue la última persona que le vio salir, que estaba presente cuando el profesor firmó en el libro de registro.

—El hermano hospedero, supongo, él es el que se ocupa de esos asuntos.

—¿Sería posible hablar con él? —pregunta Tomás.

—Supongo que sí, le llamaremos a ver si no está ocupado en este momento y pudiera atenderles. En estos días de vacaciones de Carnaval tenemos la hospedería al completo; todas las habitaciones están ya ocupadas o reservadas.

El abad se levanta y en su mesa de despacho toca algún tipo de mecanismo. Unos minutos después suenan unos golpes en la puerta.

—Adelante, pase.

Es el anciano portero.

—Fernando, ha llegado el Administrador, quiere verte. Dice que son asuntos importantes y que no sabe cuándo podrá volver, que si tienes un momento...

—Lo recibiré enseguida. Disculpen —se dirige a Luisa y Tomás—, son las obligaciones burocráticas. Mientras tanto el hermano Tarsilio, aquí presente, les acompañará al recibidor de la hospedería, donde a estas horas será fácil que encuentren al hermano Julián. Tarsilio, mira por favor que les preparen un pequeño refrigerio, un refresco o lo que ellos quieran.

—Adiós y gracias por todo —se despide Luisa.

—Si mis obligaciones me lo permiten, me reuniré de nuevo con ustedes en la hospedería. Si no fuese así, sepan que he tenido mucho gusto en conocerles y espero que nos podamos volver a ver cuando todo se haya aclarado. Que pasen un buen día.

Cuando abandonan el despacho, Tomás se fija en un hombre que aguarda sentado en uno de los bancos de madera adosados a los muros de piedra del corredor que lleva al claustro. De unos sesenta años, viste un traje oscuro, camisa blanca y corbata de rayas. Un tanto regordete, con el aspecto cetrino y apagado de una persona que pasa mucho tiempo sentado, trabajando en lugares cerrados. Sujeta entre sus brazos un enorme maletín lleno a rebosar de papeles. Él también se fija en ellos, con ojos despistados tras sus gruesas gafas, pero enseguida desvía la mirada.

—Buenos días —le saludan.

—Buenos días —responde con voz grave, mirándoles de refilón mientras cierra con fuerza la mano sobre el asa de su maletín.

Debe de ser el administrador del monasterio.

Efectivamente, encontraron al hermano hospedero ocupado en contar y repasar las sábanas limpias en el cuarto que utilizaban como almacén de ropa.

Era un monje de mediana edad, cercano quizás a los cincuenta años, delgado, de rostro alargado y huesudo en el que destacaba una mirada penetrante sobre una nariz afilada. El hermano portero se acercó a él y, en un aparte le susurró algo, a lo que el otro asintió con la cabeza tras lanzar una mirada inquisitiva a los recién llegados. Cerró el armario de la ropa y guardó el manojo de llaves entre los pliegues de su hábito. El portero les dejó en su compañía y se sumergió de nuevo en sus rutas laberínticas por los corredores y pasillos del monasterio. Luisa y Tomás siguieron al hermano Julián a una salita contigua al ropero, donde el único mobiliario eran unas sillas y una mesa de madera basta. Con un ademán seco, el fraile les indicó que tomasen asiento.

Había dos espacios diferentes en el edificio para atender a los huéspedes; uno era para las visitas que venían a alojarse por un tiempo en el monasterio. Únicamente se admitían varones, era ésta una norma estricta del monasterio. Solían ser personas en busca de tranquilidad para estudiar, o de tiempo para la reflexión y el descanso en el silencio y el orden que hoy en día quizás sólo un convento puede proporcionar. Podían utilizar al estudio y a una parte de la biblioteca, así como al claustro menor, el huerto y los jardines interiores. Sus habitaciones se disponían en la primera planta del ala oeste del edificio, mientras que las de los monjes se situaban en la primera planta del ala este. Compartían con los hermanos el refectorio, el comedor que se encontraba bajo las celdas de los monjes, próximo a las cocinas. Pero de ninguna manera debían cruzar la clausura: la parte privada, exclusiva de los monjes, que estaba bien señalizada para que nadie pudiera equivocarse fácilmente. Por lo demás, los huéspedes eran libres de participar o no en los servicios religiosos de la casa.

Por otra parte estaba el antiguo hospital de peregrinos, que era donde hoy en día se alojaban, generalmente por una noche, los caminantes que recorrían el Camino de Santiago. Estaba igualmente situado en el ala oeste y ocupaba la planta baja. De esta forma, todo lo que se refería al alojamiento de los huéspedes se ubicaba en la misma parte del monasterio. En el ala oeste.

Ahora bien, el convento no era un hotel. Era fundamental tener esto claro. Si se fijaban bien, verían que estaba formado por dos edificios adyacentes, uno dedicado exclusivamente a los miembros de la comunidad religiosa y el otro a huéspedes y peregrinos. Ambos se unían por un pequeño corredor que enlazaba los claustros de cada uno de ellos. Una verja cerraba el paso entre uno y otro. Como seguramente ya habrían comprendido, esta separación era necesaria para preservar el recogimiento que la vida monacal precisa. De no ser así, los monjes se verían siempre en contacto con un número excesivo de personas que les distraerían de sus ocupaciones fundamentales: el trabajo y la oración.

El hermano hospedero conocía bien al profesor, claro está. Recordaba su llegada ese fin de semana, pero no, no recordaba haberle visto abandonar el recinto. Aunque eso no era de extrañar puesto que ese fin de semana la hospedería había estado al completo, se habían visto desbordados de trabajo. El tiempo mejoraba, los días eran más largos, y empezaba ya la temporada en la que los peregrinos a Santiago eran cada vez más numerosos. ¿Sabían que el monasterio de Fontsanta era un lugar tradicional para hacer un alto en el camino? No se hacían distinciones entre mujeres y hombres, cualquier peregrino era aceptado en la hospedería para hacer noche. ¿El coche del profesor? Realmente no se había fijado en si estaba aparcado en el patio de buena mañana. Demasiada gente ese fin de semana para poder reparar en las entradas y salidas de todos ellos. De todas formas, dos eran los monjes que atendían el lugar, Julián y un ayudante más joven, Elías. Quizás él pudiese decirles algo más. ¡Qué extraño suceso, desde luego!

—¿Podríamos ver la habitación que ocupaba el profesor durante sus estancias en el monasterio?

El hermano pareció dudar unos instantes.

—No veo ningún inconveniente —dijo finalmente.

Siempre le reservaban la misma. Él no podía acompañarles en este momento. Si tenían la amabilidad de esperar allí mientras iba en busca de Elías... podían tomar un refresco, mandaría a alguien que se lo trajese, ¿qué les apetecía tomar? Julián era un hombre atento, cortés y distante, acostumbrado, en razón de sus largos años al frente del hospedaje, a tratar con gentes de todo talante y condición.

Tomaron un reconfortante almuerzo temprano a base de pastas "las hacemos nosotros mismos", aclaró Julián, y chocolate caliente. Entonces apareció Elías. Para su sorpresa, esta vez se presentaba ante ellos un muchacho muy joven, más o menos de la edad de Tomás, unos diecinueve o veinte años. Alto, delgado y sonriente. Era un monje novicio.

—Buenos días, ¿querían ustedes hablar conmigo? —les saludó con una hermosa sonrisa.

La habitación que había ocupado el profesor era una celda que había sido reformada manteniendo la antigua estructura: gruesos muros construidos con sillares de piedra de más de un metro de espesor que configuraban un espacio pequeño, iluminado por una ventana estrecha encastrada en la pared que daba al oeste, bajo ella había dos pequeños bancos de piedra adosados al muro, muy útiles para sentarse a leer aprovechando la luz del final del día. En la pared frente a esa ventana se abría un cuarto de baño: una ducha, un sanitario y un lavabo provisto de una pastilla de jabón sin empezar. A su lado, una barra de metal en la que colgaba una toalla muy limpia. Y sobre la pila, un espejo pequeño. En el cuarto, en un extremo, una cama estrecha aunque sólida, cubierta por una colcha de algodón blanco, impoluta. A uno de los lados, una mesita con un flexo y una ampolla de cristal cubierta con un vaso para el agua. En la pared contigua una mesa de despacho muy sencilla, de madera, y una silla del mismo material. A su lado, un armario bajo con dos cajones. Ninguno de los muebles hacía juego con el resto del mobiliario y era evidente que en aquella disposición se había buscado únicamente la funcionalidad, sin preocuparse demasiado por la estética.

El único objeto que colgaba de las paredes era un sencillo crucifijo sobre la cama.

Paredes, suelo, cristal, espejo y muebles lucían extremadamente ordenados y limpios.

—Cuando el domingo a media mañana subí, como siempre hago, a recoger la habitación del profesor, encontré la ventana abierta, como para ventilar el cuarto, la cama con la ropa retirada hacia atrás y una toalla húmeda sobre el colgador que está tras la puerta del baño. El resto de cosas parecían todas en su lugar. No observé entonces nada que me pareciese extraño. No había equipaje ni artículo alguno que indicase que la persona que había pernoctado en el cuarto tuviese intención de regresar.

—Quizás algo en el armario…

—Siempre reviso cajones y armarios después de que queda libre una habitación. Las personas se olvidan muchas cosas en perchas y estantes.

—¿Y había algo en alguno de esos sitios?

—Nada.

—¿Y en el cajón de la mesa, miraste allí también?

—Tampoco encontré nada, ni siquiera un bolígrafo o un papel. Nadie más ocupa esta habitación, aparte del profesor. Siempre se la reservamos porque, a veces, cuando sus ocupaciones le dejan algún tiempo libre, viene sin avisar con antelación.

—¿Te fijaste si don Arsenio estuvo cenando en el comedor con los demás huéspedes la noche del sábado?

—Sí, lo recuerdo perfectamente, me comentó que se iba al día siguiente.

—¿Sabes a dónde se dirigió después de la cena?

—Supongo que se retiró a su celda, porque le gusta acostarse temprano, pero no lo sé cierto, pudo haber ido a la biblioteca, tiene las llaves, o a pasear por el jardín.

—Muchas gracias, Elías —dice Luisa. Yo creo que ya hemos visto suficiente aquí. Regresemos, si te parece.

Al salir al corredor al que dan todas las habitaciones de huéspedes, Elías les señala:

—En ese extremo tenemos el ascensor sí, también hasta nuestro mundo llega la técnica. Hace poco tiempo que se instaló; se hace necesario tenerlo, por los huéspedes mayores o con alguna minusvalía. En nuestra parte, en la clausura, disponemos de uno también, porque varios de los hermanos tienen una edad avanzada, algunos ya son ancianos.

—Entrará poca gente joven al convento hoy en día ¿no? —pregunta Tomás.

—Muy pocos jóvenes, cierto. Creo que yo mismo soy el único ingreso en los últimos cinco o seis años. A los nuevos se nos llama novicios, a los mayores, monjes y a los ancianos, seniores, cada grupo tiene funciones y ocupaciones diferentes, acordes a su condición. Seguidme, bajaremos por esta escalera, lleva directamente a la entrada de la hospedería.

—¿Cuántos monjes viven actualmente en el monasterio?

—Somos dieciocho hermanos.

—No son muchos para lo grande que es la abadía. Habrá mucho trabajo.

—Aunque todos los monjes realizamos varias horas al día de trabajos manuales, obligado en nuestra orden, que considera que el trabajo manual favorece la humildad, ejercita el cuerpo y conserva por tanto la salud, además de alejar las tentaciones que suelen atacar a una mente ociosa. Pero sí, es cierto que somos pocas manos para atender a todo; por eso trabajan con nosotros varios empleados que ayudan en las labores de los campos… bueno, pues ya hemos llegado.

El abad les estaba esperando en la recepción de la hospedería. De pie junto a él, el hermano Julián.

—Regreso entonces a mis ocupaciones. Adiós, que tengan un buen día —se despidió Elías.

—Adiós, y gracias por tus explicaciones.

El novicio abre una portezuela lateral para marcharse, y por ella aprovecha para deslizarse silencioso un gato negro y blanco. Lanza un maullido y se sienta junto a la pared. Cuando Tomás le mira, el animal se levanta de su cómoda postura y va a frotarse contra las piernas del muchacho.

—Adiós, amigo —se agacha para acariciarle la cabeza—. ¡Ay, me has arañado! —el muchacho se mira la mano atravesada por unos rasguños rojizos—. Pero, ¿no éramos amigos tú y yo?

Gato se escapa corriendo y, a una distancia segura, se vuelve a mirar a Tomás por unos instantes, maúlla y, dando media vuelta, se desliza veloz en la oscuridad de una puerta medio abierta.

—¿Te ha hecho daño? —pregunta el abad—, últimamente están un poco salvajes estos animales, a veces se pasan la noche por ahí fuera maullando y gimiendo y por el día están agresivos...

—No, no ha sido nada, unos rasguños poco profundos —Tomás se sopla la mano que le escuece—. ¡Caramba, pensaba que le caía bien!

—Será mejor que te laves la herida —interviene el hospedero—, ven, te pondré un antiséptico; los arañazos de gatos escuecen de una forma muy molesta, además de que pueden infectarse con facilidad. Aquí mismo en la hospedería tenemos un dispensario con botiquín para uso de los peregrinos, que muchos llegan con los pies llagados, con quemaduras de sol o picados por los insectos.

—¿Han podido averiguar algo? —pregunta el abad.

—Aparte de que realmente Arsenio estuvo aquí, poco más hemos encontrado, ni siquiera sabemos cuándo ni en qué circunstancias se marchó.

Luisa observa al hermano hospedero desinfectar la herida de Tomás y colocar luego sobre ella una venda sujeta con esparadrapo.

—Ciertamente es muy extraño —el abad se queda unos instantes pensativo, su mirada se cruza un segundo con la del hermano Julián—. Bien, les acompañaré hasta la salida —Fernando ha recuperado su tono cordial.

—Adiós, Julián.

—Vayan con Dios —responde el hospedero, que vuelve inmediatamente a sus labores.

—Les llevaré por la zona del claustro, así podrán apreciar ustedes parte de la hermosura del convento.

—El hermano portero nos dio algunas explicaciones cuando llegamos —dice Tomás.

—Sí —sonríe el abad—, el querido hermano Tarsilio, es uno de los monjes más veteranos del convento y sabe mucho de la historia de Fontsanta, siente auténtica veneración por esta abadía. No es de extrañar, porque ha pasado gran parte de su larga vida entre estas paredes. Durante años fue el encargado de atender las visitas de los turistas, pero al hacerse mayor, y aumentar tanto el número de visitantes, la tarea llegó a resultarle demasiado fatigosa y actualmente tenemos contratada una guía oficial, una joven licenciada en Historia y Arte. El hermano la ayuda de vez en cuando. Lo que no quiere abandonar, en modo alguno, es su puesto de portero.

Cruzan el pequeño claustro de peregrinos, en donde se elevan varios cipreses y un pozo de agua en uno de sus lados.

¿Por qué suele haber cipreses plantados dentro y alrededor de los monasterios?

Cuando llegan a la verja situada ante un pasadizo abovedado que cierra el paso al claustro de los monjes, el abad introduce la mano por entre los hierros y levanta un pestillo invisible a primera vista, por estar cuidadosamente oculto del otro lado.

—Laberíntico cuando no se conoce.

—Sí, es que es muy grande este monasterio.

—En tiempos, llegaron a residir en el convento más de cien monjes y un gran número de siervos, como se les llamaba entonces, que atendían las tierras y talleres, el huerto, las colmenas, la cocina. ¡La abadía de Fontsanta vivió épocas espléndidas! A finales de la Edad Media se convirtió en el gran centro económico y cultural de la zona. Poseía una magnífica biblioteca a la que acudían estudiosos de lugares muy lejanos para consultar los archivos que aquí se guardaban.

—Sin duda albergan ustedes grandes tesoros artísticos y culturales —dice Luisa— muy costosos de cuidar y mantener hoy en día.

—Queremos recuperar parte de aquel esplendor y para ello tenemos intención de desarrollar en nuestra abadía un importante espacio cultural que garantice su sostenimiento futuro; ya estamos dando los primeros pasos en esa dirección, el trabajo del profesor forma parte de ese proyecto, precisamente. Pero deseamos que todo se haga con sosiego, sin olvidar que los monjes estamos aquí sobre todo para llevar a cabo un trabajo espiritual. Un monasterio es, ante todo, una comunidad religiosa y gran parte de su tiempo debe dedicarlo a los rezos, meditación, los oficios religiosos, al trabajo en silencio… es para eso por lo que nos hemos alejado del bullicio del mundo. Debemos abrirnos pero resguardando un espacio cerrado y silencioso que es como una matriz que necesitamos para transformarnos y avanzar por la senda interior. ¿Me comprenden?

—Perfectamente —responde Luisa.

Tomás guarda silencio. No porque no comprenda, sino porque todo lo que ve o escucha referido a la vida pasada y actual en el monasterio le parece nuevo y fascinante, prefiere, por tanto, observar y escuchar.

En la entrada se encuentran al hermano portero junto al quicio de la puerta, con la cabeza inclinada hacia el suelo y las manos metidas bajo el hábito, en actitud de espera. Un par de metros más adelante, una joven se ocupa en despachar entradas a un pequeño pero bullicioso grupo de turistas. De ella sólo aciertan a ver una melena de cabellos negros y ondulados. Viste pantalón y chaqueta corta de paño grueso color verde oscuro. Debe de ser la guía.

—Vuelvan otro día con más calma, se lo ruego —el abad inclina ligeramente la cabeza hacia adelante—. Respecto a nuestro estimado profesor, por favor, ténganme informado de todo cuanto vayan sabiendo. Supongo que no tardará mucho en aclararse todo este extraño asunto.

—Adiós, gracias por su atención.

Apenas se han alejado unos metros en dirección al aparcamiento, cuando escuchan que alguien les llama. Al volverse, ven a la muchacha de la melena negra.

—Creo que se les ha caído esto —muestra una estilográfica en su mano.

—Bueno... no, mía no es —responde Luisa tras un vistazo rápido al objeto.

—¿Me dejas verla? —pide Tomás.

—Claro.

Tomás coge la pluma y la examina: de color azul intenso con un filo dorado; y, aunque parece algo gastada, se ve de excelente calidad.

—Tampoco es mía.

La muchacha de pelo negro y ojos del color de la pizarra tiene unas pecas muy graciosas sobre la nariz y mejillas. Al devolverle la pluma, las yemas de sus dedos se rozan y Tomás siente el calor de su mano. Los dos se miran a los ojos unos instantes.

—Clara, Clara... ya han entrado las visitas, ¿vienes?

El hermano portero la espera de pie ante el portalón de la entrada.

—Te noto ensimismado, Tomás ¿en qué piensas? ¿Qué te ha parecido la visita?

Ya es media mañana cuando Luisa y Tomás recorren en sentido inverso la carretera local que lleva a la abadía.

—Estaba ordenando mentalmente los escasos datos que tenemos: el profesor estuvo en Fontsanta, al parecer se marchó el domingo temprano y desde entonces nadie le ha visto. Bueno, en realidad y para ser exactos, la última vez que le vieron fue el sábado a la hora de la cena, por lo tanto pudo haberse marchado el sábado por la noche, pero no fue así, porque su firma aparecía en el registro el domingo 21. Que no haya acudido a la cita contigo el domingo, ni se haya puesto en contacto con nadie desde entonces es de lo más extraño. Sobre todo conociendo al profesor, lo formal y responsable que es.

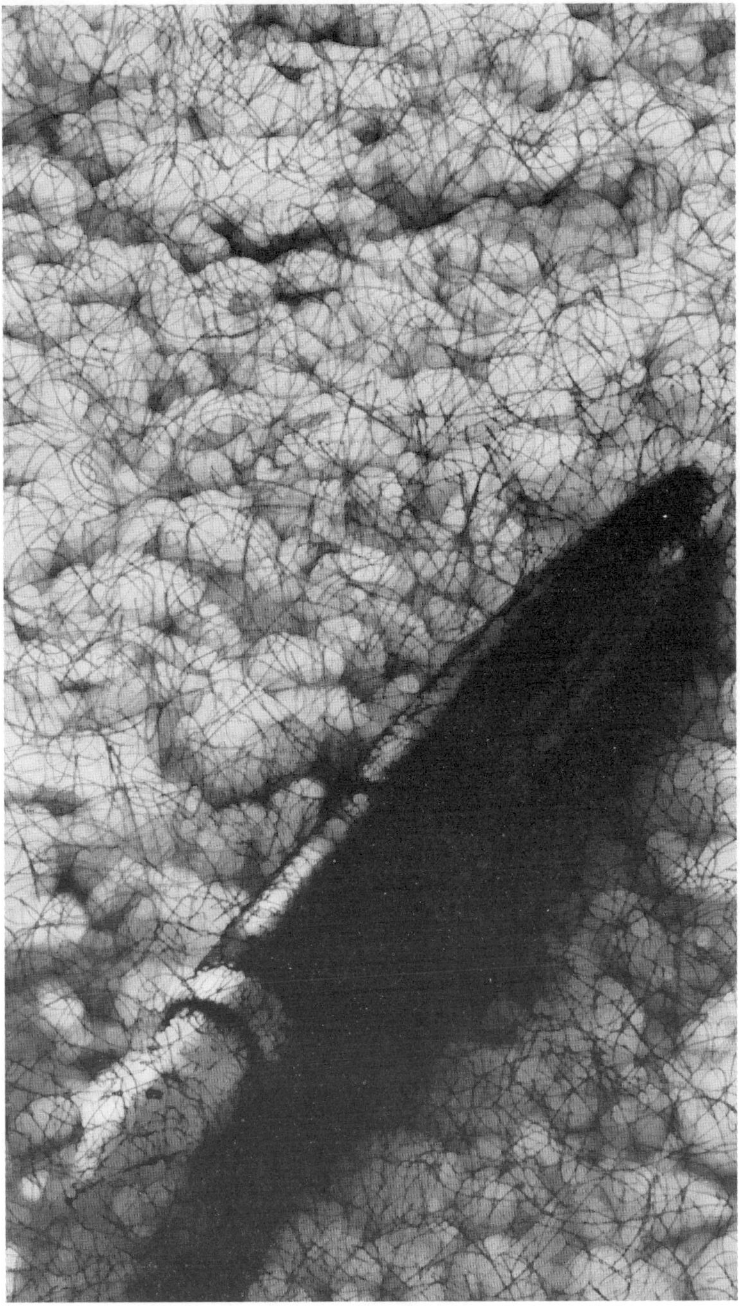

—Lo mismo creo yo.

—¿Y ahora qué hacemos? —pregunta Tomás—. ¿Se te ocurre algo?

—Nada, no se me ocurre nada. Vamos a dejar un tiempo, hasta mañana, a ver qué pasa. De todas formas llamaré otra vez a la policía, por si tuviesen alguna novedad.

Tras ellos, los muros, los tejados y la cúpula de la iglesia de Fontsanta se alejan hasta fundirse en la neblina azul.

—El monasterio... ¡es impresionante! —exclama Tomás— y la vida de los monjes... ¿Sabes? me pareció entrar en otro mundo.

—Es muy distinto de lo que estamos acostumbrados a vivir fuera. Fíjate que estaba pensando que si admitiesen a mujeres huéspedes me vendría a pasar estos días de vacaciones a Fontsanta. A lo mejor descubría algo...

—¿En serio lo dices?

—Muy en serio.

Tomás se acomoda en su asiento, estira las piernas todo lo que el espacio le permite y se cruza de brazos, pensativo. Mira hacia los campos, solitarios y hermosamente verdes.

—¿No te molesta que no admitan a mujeres?

—En absoluto, es otro código el que ellos usan, no es el mío, pero lo respeto; seguro que ellos tampoco comparten muchas de mis opiniones o costumbres. Mira, si en cambio fuese un convento de monjas, al que no dejarían alojarse sería a ti, por ser varón. Supongo que no permiten que se alojen mujeres para evitar su presencia constante en el comedor y zonas comunes; desean preservar el recogimiento en un recinto de hombres dedicados en cuerpo y alma a la vida religiosa. Y nada hay en el mundo que pueda alterar más las cosas que el amor y el sexo. Por lo demás, he observado que tienen contratada a una mujer como guía del convento. Y admiten peregrinas en la hospedería ¿no es así?

—Cierto... La verdad es que Fontsanta es un lugar intrigante y misterioso.

—Mira por donde a lo mejor se te despierta el interés por lo medieval, lo vetusto, ¿no fue ésa la palabra que usaste una vez con Arsenio para referirte a su asignatura?

—Sí —Tomás sonríe recordando una tensa conversación mantenida con el profesor el curso pasado—, quizás me pasé un poco... Por cierto, el abad, ¿no es muy joven para ocupar ese cargo en la abadía?

—Sí, dicen que es costumbre proponer para ese cargo a personas mayores y con muchos años de experiencia, pero, según me han comentado, a Fernando lo eligieron las autoridades eclesiásticas hace un par de años por su carácter decidido y estable a la vez, así como su intención de modernizar Fontsanta y abrirla, de alguna manera, al mundo exterior, a través de la biblioteca, de exposiciones... Ha conseguido subvenciones para la restauración de varias obras en la iglesia. Fue él quien se puso en contacto con Arsenio para poner al día los fondos bibliográficos de la casa porque quiere iniciar un programa de estudios sobre el Camino cuyo centro sea Fontsanta. Bueno, pues estamos llegando, ya se ven las torres de la catedral.

—Se me ha hecho corto el viaje.

—Ha estado muy bien que me acompañases. Ya sabes que opino que dos personas ven más que una. Carlos hubiese venido conmigo, pero los Carnavales son unas fechas de muchísimo trabajo en el restaurante y no puede dejar el local. Ven a comer con nosotros.

—Otro día… hoy tendrá tu marido la fonda hasta los topes.

—Mira que hay filloas, que te encantan.

—Otro día, ¿vale?

—Como quieras. Te acerco a casa, entonces.

Tomás se pasó la tarde sentado delante de un montón de apuntes, libros y folios en blanco. Intentaba leer algo, pero sin conseguir centrarse ni tan siquiera en los primeros párrafos. A cada rato se descubría a sí mismo haciendo dibujos de gatos, de columnas y capiteles adornados con imágenes vegetales, monstruos de aspecto semi-humano, martillos y punzones de cantero… Luego sacó el trabajo que tenía que rehacer, pero su mente volvía una y otra vez a Fontsanta… Mientras dibujaba en los márgenes de las hojas un círculo cerrado que giraba en espiral sobre sí mismo sin ofrecer salida alguna.

Después de cenar orejuelas, realmente las pastas tenían forma de orejas, y un vaso de cacao, se puso a consultar algunos datos en Internet, le envió un correo a Luisa con el trabajo de los peregrinos del que habían hablado y para cuando terminó se había hecho bastante tarde y se fue derecho a dormir.

Capítulo IV

Noche del martes 23 de febrero. Regreso a Fontsanta.

Camino por un pasillo de piedra, oscuro y húmedo. A mi alrededor, sólo penumbra y silencio. Voy buscando algo, no sé qué. De pronto mis pies tropiezan con un bulto blando pero resistente que brinca con un maullido de escalofrío: es un gato de pelaje color negro y blanco que me mira con ojos que centellean en la oscuridad. Luego, de un salto, se abalanza sobre algo que encuentra en el suelo de piedra; juguetea con ese objeto de un lado para otro. Se da la vuelta para mirarme. Entre sus patas tiene ¡una estilográfica de color azul cobalto con filo de oro! Siento miedo del gato y retrocedo espantado hasta encontrar un muro a mi espalda... mi mano izquierda se apoya en los sillares de piedra... me parece palpar unas extrañas letras que no puedo descifrar, aunque de alguna forma comprendo que son importantes.

Tomás se despertó con los primeros rayos de la mañana, con la sensación de estar de vuelta de un pozo oscuro. La casa estaba en silencio. Se incorporó despacio en la cama, todavía a medio territorio entre el sueño y la vigilia.

Era una pesadilla.

Sonó el timbre del teléfono, sobresaltándole.

—Buenos días, Tomás, soy Luisa, ¿te he despertado?

—No, no. Dime.

—Me ha llamado Cecilia.

—¿Cecilia? —pregunta, medio adormilado todavía.

—La prima de Arsenio. Ayer por la noche encontraron el coche de Arsenio aparcado en la calle donde vive, en Santiago.

—Entonces, ¿ya ha aparecido el profesor?

—No, él no, sólo su viejo coche.

—¡Nueva sorpresa! —Tomás se pasa la mano por sus cabellos desordenados, ahora está completamente despierto.

—Eso parece decir que regresó a la ciudad. Su prima estaba más tranquila con esta noticia, al menos se sabe que no sufrió un accidente...

—Bueno, lo único que se sabe ahora es que su coche está allí aparcado, cómo o de qué manera llegó allí...

—¿Qué quieres decir?

—Un coche lo pueden conducir muchas personas, ¿o no?

—Desde luego... ¿y?

—No sé por qué, Luisa, pero me parece una noticia para preocuparse, más que otra cosa. Resulta que aparece su coche pero no él, ni da señales de vida, ni se pone en contacto con parientes o amigos, no sé, no encaja, no me cuadra.

—¿Y qué se te ocurre?

—Más allá de avisar a la policía, no se me ocurre nada en este momento.

Se hace una pausa en el teléfono.

—¿Pasa algo? —pregunta la voz de Luisa al otro lado.

—Pasa que no entiendo por qué me estoy involucrando en este complicado asunto que ni me va ni me viene, y encima con un profesor que me odia, en lugar de concentrarme en los estudios, que para eso me he quedado sin ir a Escocia con mi familia.

—Llevas razón, no es asunto tuyo y no te volveré a molestar por esta causa. Buenos días, Tomás. Llámame cuando hayas decidido sobre lo que hablamos de la posible adaptación de tu trabajo para el teatro.

Tomás se dirige a la cocina y se sirve un vaso de agua. Otra vez está empezando a llover, llueve, sale un tímido sol, llueve más, para, sopla un viento helado, febrero tiene fama de ser un mes un poco loco. Entra en la ducha y se queda un buen rato bajo el chorro de agua bien caliente. Después de secarse, se viste sin prestar demasiada atención con lo primero que encuentra en el armario y vuelve a la cocina, mira por la ventana, sigue lloviendo, lloviznando. Mordisquea una orejuela, distraído. *Tengo muchísimas cosas para leer, como no me ponga pero ya mismo, no sé si me va a dar tiempo. Es duro leer por obligación "pero imprescindible, Señor Sánchez-Novoa, imprescindible en muchas ocasiones"*, recordó las palabras del catedrático de literatura Medieval en una ocasión en que Tomás acudió a su despacho para intentar cambiar unas lecturas obligatorias por otra: "Le falta a usted método, y más disciplina para con sus obligaciones, se cree muy brillante, y son tan sólo los colores del pavo real los que muestra. Trabaje, esfuércese y lea lo que le he mandado; hágalo no una sino tres o cuatro veces, y siempre despacio, muy despacio, nada de prisas. Entonces a lo mejor empieza a comprender la profundidad de la obra que tiene entre manos".

Tomás recuerda perfectamente la escena: mientras el profesor hablaba con él, firmaba unos documentos... firmaba unos documentos *¡con una pluma estilográfica de color azul cobalto con filo de oro!*

Y justo en ese instante, la sensación de espera que ha tenido estos últimos días desaparece.

—¿Luisa, está? —al otro lado, en casa de ella, ha respondido una voz de hombre: es el marido de Luisa. Tomás y él nunca han sentido ninguna simpatía mutua. Cuestión de caracteres, o de desconocimiento, tal vez rivalidad—. De parte de Tomás, sí, espero. ¿Luisa?

—¿Qué ocurre?

—¡La pluma que nos enseñó la guía cuando salíamos del monasterio! ¿Te acuerdas?

—Sí, ¿qué ocurre con ella?

—¡Es la pluma de Arsenio! ¡Se la he visto usar en su despacho, Luisa!

Silencio al otro lado del teléfono.

—¿Qué hacía la pluma en ese sitio? ¿Y cómo había llegado hasta allí? —insiste el muchacho.

—Bueno, aun resultando un detalle curioso, tampoco es tan extraño; acuérdate de que lleva meses trabajando en la biblioteca, seguro que nuestro querido profesor ha recorrido el claustro más de una vez.

—¿Tú te has fijado como tienen todo de limpio los monjes? Seguro que barren a diario, alguien la habría encontrado en todo este tiempo.

—Extraño es, desde luego...

—Escúchame... he estado pensando en irme unos días al monasterio, ya sabes, tengo que estudiar, rehacer el trabajo para el profesor... eso mismo puedo hacerlo aquí o allí. Voy a pasar unos días a Fontsanta.

—Estaban todas las habitaciones ocupadas, ¿recuerdas?

—Habla con el abad, Luisa. Él me buscará algún sitio, estoy seguro.

—¿Qué le diremos?

—Dile que me ha gustado mucho el monasterio, la tranquilidad que se respira, el silencio, y que necesito pasar unos días allí para estudiar y concentrarme en mis asuntos. Cosas todas ellas muy ciertas, por otra parte. Vamos, convéncele de que me encuentre algún sitio...

—Pero tú te crees... ¿cómo voy a convencerle?

—Nadie puede resistirse a tu voz cuando quieres algo. Lo sabes.

—¡Ni a tus argumentos cuando buscas alguna cosa! Venga, cuelgo y ahora mismo intento localizarlo.

De nuevo recorren la estrecha carretera encajonada entre riscos y prados verdes que conduce al monasterio de

Fontsanta. Esta vez Tomás viaja en la parte trasera. Conduce Luisa y, a su lado, Carlos habla sobre los platos que este año han tenido más aceptación entre la clientela: "el guiso de bacalao con garbanzos y acelgas, cosa exquisita, lo bordo, Luisa, lo bordo, y las filloas rellenas de crema tostada, ésa es la traca final, ahí me luzco". Tomás, sentado en la parte de atrás, mira a través de la ventanilla. Allá afuera está lloviznando sobre los campos cubiertos de sombras verdes, aún no son las seis de la tarde pero los días son cortos en esta época del año y la noche llega pronto. A lo lejos, envueltos en la bruma gris, se adivinan los tejados de Fontsanta.

—Y te van a colocar en la habitación que siempre reservan para Arsenio. Era la única vacía y no querían ocuparla, por respeto al profesor, pero yo insistí tanto que... bueno, en consideración a mi amistad con Sivane...

Luisa frena ante la vista de unas vacas que cruzan perezosas la carretera, los animales miran al vehículo de reojo y vuelven la cabeza con indiferencia, conscientes de su superioridad territorial y su derecho de paso. Tras ellas camina lento, muy lento, un anciano encorvado y flaco que se protege de la lluvia con un saco de plástico negro, abierto y colocado sobre su cabeza a modo de impermeable. Tampoco él cede su derecho a cruzar primero. Que esperen los que van dentro, a cubierto.

—Pero, ¿tú tienes claro lo que vas a hacer allí? —pregunta Carlos, ladeando la cabeza hacia el asiento trasero. Hay un tonillo de sorna en su voz.

—Ya veremos lo que hago cuando esté "allí" —responde Tomás con sarcasmo.

—Así que te gusta investigar, joven Tomás —se ha cruzado de brazos, con una media sonrisa en su boca—, jugar a investigadores ¿no?

Menudo gilipollas, no sé cómo le aguanta Luisa.

—¿Tú familia ha llegado bien a Escocia? —ella prefiere dar un giro a la conversación.

—Sí, han llamado a casa esta mañana. Todo bien.

—Me alegro.

—Estamos llegando, ya se ve el campanario de la iglesia.

La tarde del miércoles 24 Tomás quedó instalado en su habitación de la segunda planta del ala oeste del monasterio de Fontsanta.

—Tendrás mucho cuidado, ¿eh, Tomás? No me voy tranquila, en serio te lo digo; al principio me pareció una buena idea que vinieses a Fontsanta, pero ahora mismo ya no lo creo. Cuanto más lo pienso, más absurdo me parece. No tiene pies ni cabeza... ahora, de repente, tú te quedas en el monasterio, en la misma habitación de Arsenio... no sé. Todo ha sido tan rápido que no hemos tenido ni tiempo para pensar las cosas con calma, mira, un par de días y te vuelves, me siento responsable de ti ahora que tus padres se han marchado.

—Todo va a ir bien, Luisa, deja de preocuparte, por favor, y vete tranquila; tú no eres responsable de lo que yo haga.

—Pero sí de lo que te pueda pasar. Fui yo quien te metió en este embrollo.

—Sabrá arreglárselas —Carlos le miraba con una chispa burlona en sus ojos, ¿o se lo imaginaba él?—. Es un chico listo. Además, ¿qué peligro puede haber en un convento?

—Llámanos, Tomás, todos los días —se despidió Luisa—, ¿de acuerdo?

Pasaban de las ocho de la noche cuando se quedó a solas en la celda, colocó el escaso equipaje que llevaba: un par de pantalones, alguna camiseta de manga larga, un jersey de cuello alto, una cazadora, un par de zapatillas deportivas, varios libros, una carpeta con folios en blanco y el trabajo que debía corregir, una libreta pequeña para notas, bolígrafos negros y azules, lápiz y la pequeña y siempre útil navaja multiusos, que lo mismo sirve para hacerte un bocata que para desenroscar un tornillo, junto a su diminuto teléfono móvil.

Elías subió enseguida para asegurarse de que todo estaba en orden y llevarle algunas cosas: toallas, jabón, sábanas.

—Me alegro de que estés aquí, Tomás. Nunca pensé que volveríamos a vernos tan pronto.

—¿Qué tal, Elías? —Tomás le tiende la mano, sin saber exactamente si ese es el saludo apropiado con un monje—. Pues ya ves, aquí estoy de nuevo. Cuando vinimos ayer para hablar con el abad, me di cuenta de que éste es un lugar muy tranquilo y pensé que valía la pena aprovechar estos días de vacaciones para dedicarme a estudiar en serio. ¿Qué mejor sitio que un convento?

Tomás no dice que podría haber encontrado la misma o igual tranquilidad en su solitaria casa.

—Vienen muchos estudiantes, opositores, gente que quiere acabar un libro o una tesis. Aquí tienes las sábanas —las deja sobre la cama—, no nos ha dado tiempo de preparar la habitación... ha sido tan inesperado que... en el armario tienes un par de mantas. Cuando termines de instalarte, si quieres te acompañaré al refectorio. La cena se sirve temprano, a las siete y media oirás una campana que avisa de que es la hora de bajar. Sólo huéspedes y monjes; los peregrinos tienen su propia sala en la parte baja de la hospedería. Son casi las nueve, así que hoy se ha hecho tarde, si quieres bajas y le pedimos a algún hermano que esté en cocina que te prepare cualquier cosa, algo habrá sobrado de la cena o si no, un bocadillo. Después de la cena, se va cada uno a su celda. Y más tarde, hay un servicio religioso en la iglesia, puedes acudir si quieres. De todas formas, ya te irás familiarizando con las rutinas que rigen para los visitantes. ¿Te quedarás mucho tiempo?

—Sólo estos días de vacaciones, hasta el domingo por la tarde, como mucho.

—¡Vaya, qué teléfono tan diminuto, parece de juguete!

Elías señala el móvil que Tomás acaba de dejar sobre la mesilla.

—Sí, ayer era de última generación, hoy ya es de penúltima. De todas formas es muy potente, te permite conectarte a la red, acceder al correo electrónico, tomar fotos y descargarlas, ya sabes... virguerías varias.

—En esta zona no hay cobertura, no sé si te lo han dicho. Es por las montañas.

—Sí, estáis bien resguardados, no cabe duda, hasta de las invasiones modernas estáis a salvo —Tomás cierra las puertas del armario donde ha guardado su ropa.

—Podrías enseñarme cómo funciona, ¿quién sabe? A lo mejor algún día necesito saber cómo se utiliza... tenemos ordenador, ¿sabes? Y conexión a Internet.

—Claro, en un rato libre lo vemos, es fácil, ya verás. ¿Bajamos a por ese bocata?

Capítulo V

Jueves 25 de febrero. Entre los monjes.

En la mañana del jueves 25 de febrero, su primer día en Fontsanta, Tomás se sienta a desayunar en el refectorio junto con los monjes y el resto de huéspedes. Al pasar hacia su mesa, el abad se ha acercado a saludarlo. Ha mostrado su sorpresa por una visita tan pronta como inesperada, pero en cualquier caso bienvenida. Tomás asiente con la cabeza, sonríe y no dice nada, a veces puede ser mejor no dar muchas explicaciones.

En cuanto el abad ha tomado asiento, suena una campanilla; un monje se sube a una tarima de madera situada en uno de los lados del comedor y da lectura a un pasaje de la Regla de su orden, las normas por las que se debe regir la comunidad. Mientras tanto los comensales desayunan y escuchan en completo silencio.

Al terminar la lectura, Elías se le acerca con un papel en la mano. En él está escrito el horario que ordena las actividades en el convento.

7:00	Prima en la iglesia.
	Media hora de servicio religioso.
	Cantos y oración.
7:30	Desayuno.
	Trabajo o lectura.
9:30	Misa en la iglesia.
10:00	Cabildo.
11:00	Trabajo.
13:00	Comida.
	Descanso.
16:00	Víspera en la iglesia.
	Media hora de servicio religioso
	Trabajo.
20:00	Cena.
21:00	Completas.
	Media hora de oración en la iglesia.
21:30	Descanso.
	Lectura.
22:30	Se apagan las luces generales. A dormir.
24:00	Maitines. Alrededor de una hora.
	Regreso a la celda.

—Caramba, sí que está todo bien organizado.

—Éste es el horario para los monjes —le explica Elías—. Para los huéspedes es indicativo y no tienen por qué asistir a los servicios; de hecho no pueden acudir a algunos, aunque quisieran.

—¿Como a cuáles? —pregunta Tomás con curiosidad.

—A las reuniones del cabildo, la reunión general de nuestra congregación, por ejemplo, en las que se tratan asuntos de interés exclusivo de la comunidad. Por lo demás, decirte que Fontsanta no es un hotel: el comedor tiene unas horas de funcionamiento y fuera de ellas no se abre. No hay un servicio de habitaciones, tampoco. Las personas alojadas pueden utilizar la biblioteca, el estudio o sus propias celdas durante todo el día, así como el patio, el claustro y también se les permite pasear por el jardín. Es importante que todos en la comunidad respetemos escrupulosamente el mandato de silencio. El silencio y el trabajo ayudan a estar centrado y favorecen la comunión con Dios. El ruido y las charlas vanas son con gran frecuencia fuentes de confusión; favorecen el chismorreo y la maledicencia y distraen de lo esencial. Recuérdalo, por favor.

—Intentaré no causar ninguna molestia mientras esté entre vosotros.

—Y, por último, las puertas del convento se cierran a las 22:30, cuando se apagan las luces; nadie puede entrar o salir después de esa hora, excepto bajo la autorización expresa del abad. Ahora tengo trabajo en la hospedería, llega mucha gente estos días de vacaciones y supongo que tú también tendrás tus cosas que hacer. Pero por la tarde, si quieres, te enseñaré parte del convento y la iglesia.

—De acuerdo. Ahora me voy a la biblioteca. Quedaba por aquí cerca, ¿verdad?

—Vamos, te acompaño. Por cierto, que no te lo había preguntado, ¿has descansado bien en tu primera noche entre nosotros?

La pregunta del novicio hace que regresen a la mente de Tomás las imágenes del extraño sueño que ha tenido esa noche en su cuarto-celda.

Noto cómo me deslizo hacia ese territorio que semeja seda, nubes suaves y oscuras entre las que mi cuerpo rueda sin encontrar ningún obstáculo, sintiendo sólo la suavidad de la caída, y todo son círculos, triángulos, cuadrados de colores sobre fondo negro y figuras psicodélicas en colores ácidos y chispeantes, las imágenes hipnopómpicas... es la entrada al mundo de los sueños, cruzar el umbral... Pero ahora estoy cayendo por una especie de túnel muy oscuro, no, no es un túnel, es el corredor de una abadía... sea lo que sea, no se ve más que una claridad muy tenue desde el claustro. Yo camino por esa galería que me resulta familiar, he estado antes aquí, lo sé. Llego al extremo del corredor y hago girar la manecilla de una puerta de madera que se abre disimuladamente en el lado izquierdo, subo las escaleras, no hay más luz que la que se filtra por unas troneras, unas pequeñas ventanas abiertas en los espesos muros, pero no dudo, porque conozco el camino; al llegar al final de las escaleras, encuentro otra puerta, la empujo y se abre con facilidad; ahora me encuentro en la galería a la que dan las celdas de los monjes, me dirijo a una de ellas y la abro. Es mi habitación. Y está ocupada, ¿por quién? A la luz de un candil, una figura envuelta en un hábito de tejido basto y negro se sienta ante un pequeño escritorio de madera. La sombra de su capucha cae sobre una parte de su rostro, así que no puedo verle la cara. ¿Quién eres tú?, quiero gritarle, ¿qué haces en mi celda?, pero las palabras no me salen de la garganta. El monje se gira muy despacio hacia mí, muy lentamente alza la cabeza, entonces puedo ver dos intensas brasas en el lugar de sus ojos y estoy a punto de gritar de terror. Repentinamente, el brillo desaparece. El monje saca algo, algún objeto de entre los espesos ropajes que le cubren y extiende su mano izquierda hacia mí: sobre su palma desnuda hay un papel arrugado. Me hace señas con la cabeza, apremiándome a que coja el trozo de papel, pero no me atrevo a acercarme, él lo agita y extiende hacia mí y yo acerco mi mano para coger...

Una campanilla que sonaba insistente en algún espacio lejano había despertado a Tomás. ¿Qué estaba haciendo él en esa habitación de piedra desconocida? ¿Acaso también era esto un sueño...? ¡No, estaba en el monasterio! Y aquella debía de ser la inocente campanilla que anunciaba el desayuno.

—Sí, Elías, he descansado muy bien. Aunque tengo que advertir que, veces, soy algo sonámbulo, me levanto y vagabundeo por ahí, me pasaba sobre todo de pequeño... lo digo para que no os extrañéis si alguna vez aparezco por los corredores de madrugada.

—¡Alguien podría confundirte con el fantasma de algún fraile del pasado!

—Por eso mismo procuro no dormir con camisola larga y gorro en la cabeza.

Los dos se echan a reír de buena gana al imaginar la escena improbable y fantasmagórica.

—Elías, supongo que aquí dentro no celebráis los Carnavales, ¿verdad?

—No, es una fiesta pagana.

Cargado con varios libros y su libreta de notas, Tomás entra por primera vez en la biblioteca de la abadía. Estanterías repletas de libros en una habitación rectangular, muy amplia y soleada, situada en la planta baja del ala sur del edificio. Un gran ventanal ocupa gran parte del muro y permite aprovechar la luz y el calor natural en una región en la que abundan los días fríos y brumosos. El silencio y la tranquilidad necesarios para el estudio están asegurados, ya que los ventanales se abren al jardín interior del convento donde crecen hermosos pinos, cipreses que se elevan serenos hacia el cielo y magnolios centenarios sobre un césped verde y bien cortado. Adyacente a la biblioteca hay una sala de lectura, más pequeña, y un estudio espacioso con largas mesas corridas.

La madera bruñida hasta brillar, los suelos impecables, los libros ordenados. Todo tiene un aire antiguo, muy cuidado y limpio.

—Hermano, ¿puedo usar el ordenador si lo necesito?

La mesa del bibliotecario dispone de un PC en el que se pueden consultar las fichas de las obras disponibles.

—Aún no se han podido introducir todas —le explica Samuel, un monje que se acerca más a los setenta años que a los sesenta, es el encargado de la biblioteca—. Vamos despacio; tenemos gran cantidad de volúmenes y estas cosas llevan tiempo y dedicación. En demasiadas ocasiones me hago un embrollo con el programa informático y el trabajo llega a complicarse hasta extremos desesperantes. Me ayuda a veces un catedrático de la universidad que viene mucho por aquí.

—Sí, Don Arsenio Sivane, soy alumno suyo en la Facultad.

—¡Ah! ¿Pero tú lo conoces, entonces? Eres alumno suyo, dices ¡vaya, fíjate qué casualidad! Así que tú estudias Lengua y Literatura, muy bien... Pues como te decía él me ayuda muchísimo, aunque no con el asunto de la informática, en eso el hombre está tan pez como yo, pero cuando le acompaña su ayudante, un becario supongo, ese sí que sabe de ordenadores y de navegar por la red, así se dice ¿no?

—¿Viene un ayudante con él?

—No siempre, ha estado aquí alguna que otra vez, pero se marcha en el mismo día, nunca se queda, siempre tiene prisa. Eso sí, antes de irse nos suele sacar del apuro, desde luego. La mayor parte del trabajo informático se lo debemos a él y a la joven que le acompañaba, que también era estudiante. Claro, muchacho, claro que puedes consultar lo que quieras, y si no lo encuentras tú mismo, se lo preguntas al viejo hermano Samuel. Verás, aquí mismo, bajo nuestros pies, en el semisótano de la biblioteca tenemos un almacén abarrotado de viejos archivos, libros, legajos, manuscritos y muchas polillas, je, je, je, es el paraíso de las polillas... Todo es material muy antiguo, difícil de clasificar, de comprobar la autoría de cada obra... Allí abajo se pasa muchas horas el profesor. Ven conmigo, te lo enseñaré.

Coge una gran llave de uno de los cajones de su mesa y conduce a Tomás hacia un lateral de la habitación, donde se abre una portezuela baja de madera barnizada. Después de bajar unas cortas escaleras de piedra tallada con tosquedad, llegan a un cuarto estrecho, pobremente iluminado por un ventanuco, enrejado y angosto. Debe de dar a la parte baja del jardín y apenas deja pasar una luz grisácea que se convierte en haces polvorientos en cuanto penetra en el recinto.

—Espera, voy a prender la luz.

Y en el techo se enciende una bombilla.

—Todo esto que ves es material reservado —el bibliotecario baja la voz y adopta un tono confidencial—, no está disponible para el público... En fin, teniendo en cuenta que eres alumno del profesor y un estudioso de la Literatura, seguro que te interesa echarle una ojeada.

El lugar es asfixiante.

—Yo sirvo de guía a don Arsenio en todo este maremágnum de papel. Conservamos muchas cosas del pasado en este lugar. Fontsanta ha sido siempre un lugar destacado en la ruta del Camino de Santiago; aquí se detenían peregrinos procedentes de todos los países de Europa, de todas las nacionalidades. Mira, ¿ves? Escritos en latín, en inglés antiguo, en las lenguas romances del medioevo, incluso conservamos manuscritos en lenguas eslavas: eran los relatos, las narraciones de los peregrinos, su testimonio del Camino, sus experiencias... Estamos hablando de la plena Edad Media, ¿tú me entiendes?... tienen un valor incalculable y aún están por estudiar, porque quizás la comunidad desconocía el tesoro que albergaban sus muros, no sé, quizás durante mucho tiempo el gusto por estas cuestiones parece que decayó un tanto; ahora es cuando la gente joven, como tú, vuelve a interesarse por todo esto. ¿A ti también te atrae esa época de la historia y la literatura, muchacho?

—Creo que me está empezando a gustar —responde Tomás—... más de lo que yo suponía.

—Pues ya has visto todo lo que, de momento, podías ver. ¡Hala, vamos a subir!

El monje, seguido del muchacho, trepa trabajosamente por los altos escalones de piedra que llevan a la biblioteca.

—¡Ah, que laberínticos son estos conventos antiguos! ¿Verdad? ¡Todo son puertas, corredores, escaleras, pasadizos, y más puertas!

El bibliotecario cierra la puerta tras ellos, camina hacia su escritorio, abre uno de los cajones y deposita las llaves junto a un montón de más llaves.

—En fin, creo que hablo demasiado, muchacho, no debería hacerlo porque nuestra regla rechaza absolutamente las tertulias o la charla, ¿no lo sabías? Pues así es... el silencio es un bien muy preciado para nosotros... es el espacio donde se puede entrar en contacto con la divinidad. Pero la Providencia me hizo charlatán, ¡qué le vamos a hacer!... Por cierto —le dice bajando la voz y agarrándole por el brazo—, me han llegado noticias de que el catedrático ha desaparecido y que nadie lo ha visto desde que salió de aquí, ¡qué cosa tan extraña!... ¿Dónde quieres ponerte a trabajar? Ya ves que lo que sobra aquí es espacio.

Dos horas y media más tarde, Tomás necesita hacer un alto y descansar. A través del ventanal, observa como cae la lluvia en el jardín de los magnolios. Si no se puede salir al jardín, irá a pasear por el claustro mayor, quizás pase luego al de la hospedería.

Una vez en la galería, por entre las columnas vislumbra a un grupo de turistas que caminan despacio por el extremo opuesto, deteniéndose aquí y allá, dirigidos por la guía del monasterio... Desde lejos ve su melena negra y ondulada, el traje de chaqueta de color verde. Recuerda sus ojos grises. ¿Cómo la llamó el monje? Clara, la llamó Clara.

Se acerca procurando hacer poco ruido sobre las losas de piedra y se suma al grupo multicolor. Ella está en medio, ofreciendo explicaciones sobre el monasterio:

—La abadía de Fontsanta, tal y como ahora la conocemos, formada por el monasterio, la iglesia y todos los edificios y tierras que comprende su propiedad, data de inicios de la baja Edad Media, finales del XIII, principios del XIV. Pero el asentamiento de los primeros ermitaños en este lugar es muy anterior; se produjo en los siglos VI y VII, la época en la que el imperio romano se deshacía; aquellos hombres, huyendo de las invasiones bárbaras, buscaron lugares aislados y seguros en los que proteger su religión:

el cristianismo. Con el tiempo esos eremitas se reunieron para formar pequeños cenobios, que son el germen de los monasterios como lugares donde se desarrolla una vida religiosa en comunidad. Es entonces cuando surgen las primeras reglas que regirán la vida cotidiana de sus moradores. Las edificaciones que forman el actual convento se construyeron sobre esos asentamientos iniciales.

—Entonces, esos restos arqueológicos de las primeras épocas, ¿se encuentran bajo estas piedras que pisamos? —observa una turista.

—Así es.

—¿Se han sacado ya a la luz?

—Es uno de los objetivos inmediatos de los responsables del recinto: iniciar las excavaciones lo antes posible. Sin duda, algún día podrán ser visitadas como el resto de las edificaciones que forman la abadía. Como les iba diciendo, el monasterio se levantó alrededor de un patio central o claustro, donde estamos ahora, siguiendo el modelo de casa romana. El claustro permite la ventilación y la luz en todas las estancias a la vez que, al ser interior, preserva la tranquilidad de sus habitantes. Quizás hayan observado ustedes, en visitas a otros lugares, que en la gran mayoría de los claustros monacales hay una fuente.

—¿Para refrescar el ambiente en épocas calurosas?

—Además de refrescar y limpiar, el agua al caer produce un rumor constante y rítmico que serena y ayuda a apreciar mejor el silencio.

—¡Qué búsqueda tan sutil de la armonía! —comenta alguien.

—Cierto, en el uso ornamental del agua, aprendimos mucho de los jardines árabes. Por otro lado, también es muy frecuente que se planten árboles en el claustro, generalmente cipreses.

—¿Por qué cipreses, señorita? —pregunta otro.

—El árbol tiene carácter sagrado en muchas tradiciones, por considerarse el elemento de unión entre la tierra, de la que surge, y el cielo, al que tiende. Y el ciprés en concreto, debido a que es una especie muy longeva, se tomó en el simbolismo medieval cristiano como metáfora de vida eterna. Es por eso que también se encuentra en muchos cementerios. Síganme, por favor.

Mientras da estas explicaciones, la guía les ha ido conduciendo hacia la esquina norte del claustro.

—Desde aquí podemos ver la cúpula de la iglesia, construida en la parte más alta del terreno —la guía apunta a la capilla con un dedo extendido, lo que parece ser la señal para que varias cámaras de fotos digitales se pongan en marcha—. ¿Por qué ocupa el templo la parte más elevada? Se buscó, algo habitual en la época, el lugar que se acercase más al cielo, metáfora de la divinidad. Vamos a pasar ahora por delante de la sala capitular. El sillón central queda reservado al abad; a su alrededor, se colocan en semicírculo los bancos de madera para los monjes. En este recinto se celebran reuniones periódicas en las que se tratan los asuntos relativos a la vida comunitaria: economía, reparto de trabajos, disciplina... La sala capitular mantiene el estilo general del claustro: techo abovedado, granito en el suelo, columnas de piedra con capiteles rematados por una decoración de simbolismo vegetal: manzanas, helechos, árboles, lirios… aunque aquí ya no aparecen las figuras demoníacas. Presten atención a este muro… si deslizan suavemente la mano por el sillar…

La guía pasa sus dedos blancos y finos por la piedra, como acariciándola, y varios miembros del grupo imitan su gesto.

—¿Llegan a percibir algo?

—Sí… como unos surcos, marcas…

—¡Y algún tipo de figura grabada! —comenta alguna otra persona.

—Efectivamente —asiente la guía—. Los monjes y los canteros que trabajaron en la construcción del monasterio dejaban sus iniciales grabadas en la piedra. En este caso se notan muy claramente las letras RC, junto a un martillo y un punzón, herramientas que representan el oficio de cantero. Esas iniciales aparecen en varios sillares de la abadía y suponemos que fue alguno de los monjes canteros que trabajaron en Fontsanta.

—¿Y el grabado que aparece junto a las letras?

—Semeja la figura de un gato sentado… Pudiera ser el apodo por el que se conocía a este hombre, no lo sabemos a ciencia cierta.

Tomás sigue al grupo en todo su recorrido. Cuando regresan a la puerta principal, se hace a un lado y espera a que todos salgan.

El horario de visitas de la mañana ha terminado.

—Hola.

La muchacha se vuelve hacia él con expresión de curiosidad. Hace rato que lo vio entre el grupo y le ha reconocido.

—¿Venías con esta excursión?

—No, estoy en Fontsanta pasando unos días para preparar unos exámenes. Precisamente salía de la biblioteca cuando os vi y me uní al grupo. Tus explicaciones me han parecido muy interesantes.

—Me alegro. Intento que sean detalladas y accesibles para todos.

—¿Llevas mucho tiempo trabajando aquí?

—Algo más de un año, empecé nada más terminar Arte. Y tú dices que estás estudiando...

—Sí, Lengua y Literatura, en Santiago.

—Yo también estudié en Santiago, pero vivo en Lugo. Vengo todos los días en coche.

—Te llamas Clara, ¿verdad?

—Sí —responde ella—, ¿cómo lo sabes?

—Ayer, el hermano portero te llamó así. Yo soy Tomás.

—Bueno, pues encantada de conocerte, Tomás. Quizás nos veamos otro día si sigues por el monasterio.

—Antes de que te vayas, Clara, la pluma estilográfica, la que ayer pensaste que podría ser nuestra, ¿la conservas todavía?

—Bueno, la guardé en un cajón de la mesa de la portería. Creo recordar que la puse junto a los tacos de entradas, por si alguien volvía a reclamarla.

—¿Podrías mirar si está allí?

—Desde luego. ¿Era tuya entonces?

—No, es una curiosidad que tengo.

Clara entra por una portezuela de madera y cristales que se abre en un lateral y Tomás la sigue. Abre el cajón, busca entre algunos objetos, saca un fajo de postales, estampas de santos, unas llaves, entradas, una caja con el dinero de las ventas de los libros…

—Ya no está ya aquí. ¡Ah, está claro! Recuerdo que el abad se la llevó esa misma tarde, dijo que creía saber a quién pertenecía.

—¡Vaya! —exclama Tomás.

—¿Era importante esa pluma? —pregunta la muchacha intrigada.

—Bueno, no, ya te digo que era una curiosidad mía.

La guía le mira con cierta sorpresa, pero no dice nada. Esta vez cierra con llave el cajón y se la guarda en un bolsillo de la chaqueta. Había terminado su jornada, así que se despidió para marcharse. Tomás dio media vuelta y se dirigió al comedor, donde se encontró con Elías, con quien quedó para verse a primera hora de la tarde.

—Elías, ¿a ti te gusta vivir en el convento?

—Yo elegí esta vida; nadie me obliga a estar aquí. Ven, vamos a visitar el jardín que hay delante de la biblioteca, antes de que se vaya la luz. Aunque hace fresco, los árboles protegen del aire frío… ¿Ves ahí, en aquel extremo del jardín? Es el antiguo cementerio de los monjes. ¿Quieres que te muestre el monasterio?

—No, no es necesario; ya he visto una parte con un grupo de turistas al que me uní.

Uno de los gatos que habitan en el monasterio, un hermoso ejemplar adulto de fino pelaje blanco y negro, se acerca sigiloso donde están los dos muchachos y se queda allí, junto a ellos, contemplándolos.

—¿Sabes lo que me gustaría, Elías?

—¿Qué?

—Que me dibujases un plano del monasterio.

—¿Para qué lo quieres? Sabes que no puedes andar a tu antojo por todas sus partes. No debes cruzar la clausura, por ejemplo, es la parte privada de la comunidad, y además...

—Es sólo una curiosidad que tengo por el edificio, ahora que empiezo a saber algo más de su historia.

—De acuerdo, entonces. Pero vamos a sentarnos en el banco bajo el magnolio. Te dibujaré un pequeño croquis. ¿Llevas libreta y un lápiz o bolígrafo?

—Ten. Apoya en esta carpeta más dura; dibujarás mejor.

El monje novicio dibuja con mano firme y mejor memoria el plano de la planta baja y de la primera planta del monasterio.

PLANTA BAJA

1. Iglesia
2. Sacristía
3. Despensa
4. Cocina
5. Refectorio

6/7. Despachos

8. Biblioteca

9 Estudio

10. Jardín de los magnolios
11. Cementerio de los monjes
12. Locutorio y recibidor
13. Enfermería
14. Sala capitular
15. Despachos y almacenes
16. Pasaje a la iglesia
17. Claustro de los monjes
18. Pasadizo entre claustros
19. Claustro de peregrinos
20. Hospedería
21. Puerta de peregrinos
22. Puerta principal
23. Portería
24. Patio
25. Huerto
26. Talleres y cobertizos

PLANTA SUPERIOR

1/2. Dormitorios de los monjes

3. Antiguas letrinas/ Lavabos
4. Scriptorium/ Museo
5. Sala de fraternidad
6. Hospedería

Las estancias 1, 2, 3 y 5 son de uso reservado exclusivamente a los monjes.

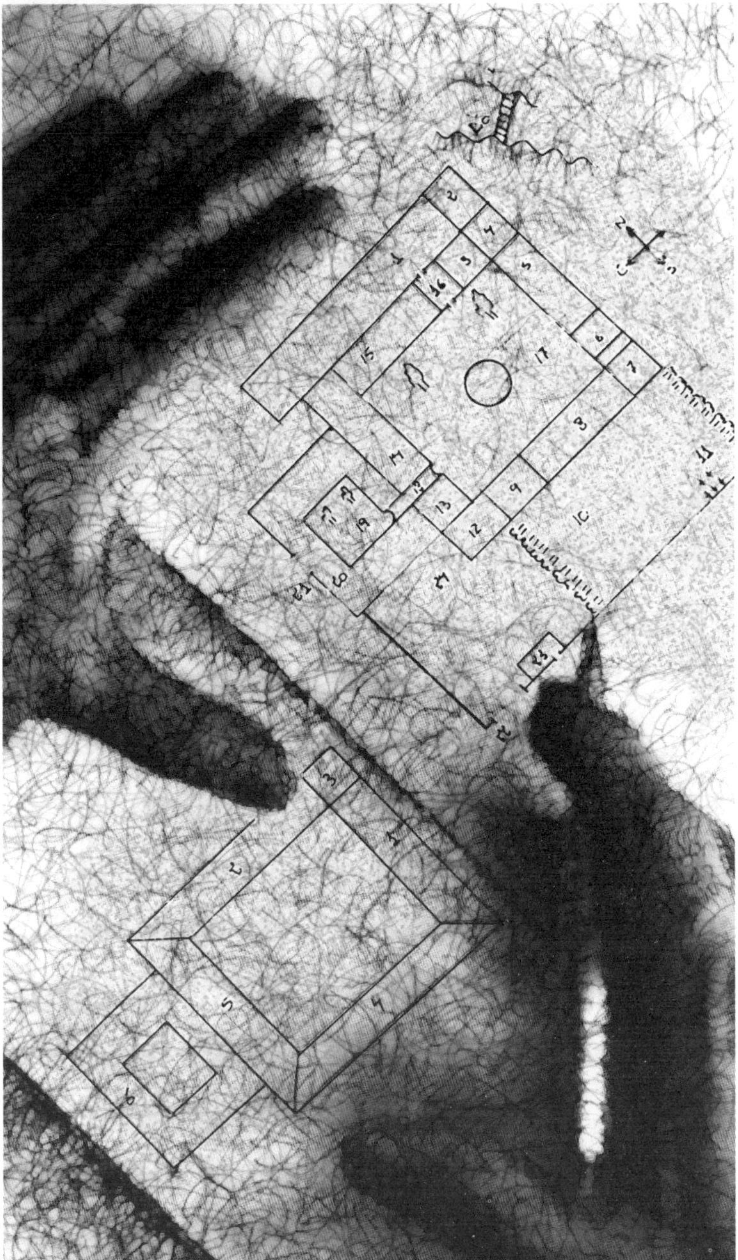

—¡Vaya, qué bien te ha quedado!

—Los terrenos de la abadía se extienden mucho más allá de estos muros. ¿Quieres que también te los dibuje?

—Puede que en otra ocasión, ahora es suficiente con el plano de los edificios del monasterio. Elías, está genial.

Tomás sujeta los papeles dibujados en su mano. Sin saber bien por qué, le entusiasma tener esos planos.

—Te voy a ir diciendo lo que es cada sitio, lo escribes o lo numeras, como mejor te parezca.

Casi ha oscurecido por completo cuando terminan con el dibujo. El jardín está envuelto en la penumbra, mientras que el ventanal de la biblioteca hace rato que se ha iluminado gracias a las luces eléctricas.

—¿Me enseñarás cómo funciona tu móvil? Aunque quiero ser monje, también me interesa la tecnología moderna, ¿sabes?

—Claro, ¿por qué no iba a ser así? Eres un monje del siglo XXI.

Tomás saca el pequeño aparato de su mochila.

—Parece que alguien no nos quita ojo desde hace un buen rato, ¿no ves como una sombra tras los cristales?

—Seguramente es el hermano bibliotecario… puede que se aburra, siempre solo entre libros… hay muy pocas novedades aquí dentro.

—¿Y se dedica a curiosear?

—Igual que tú: acabas de pedirme unos planos para satisfacer tu "curiosidad", ¿no fue así?

—Cierto.

—En realidad somos como el resto de las personas, ¿sabes, Tomás? Los monjes, me refiero. En el convento ocurren cosas muy parecidas a cualquier otro sitio donde convivan personas. Encontrarás en nosotros los mismos defectos y las mismas virtudes, iguales sentimientos que en todo corazón humano... Oye, ¿y dices que te puedes conectar a Internet con esta miniatura?

—Sí, lo que ocurre es que aquí no hay cobertura... las montañas impiden que entre la señal. El monasterio está bien protegido, incluso de los tiempos modernos. Bisss, bissss... ¿Qué pasa, minino? —Tomás acaricia la cabeza del gato, que ronronea complacido—. No me irás a arañar otra vez, ¿verdad? —el gato desliza su pelaje negro y gris contra la mano de Tomás.

—Hola, soy Tomás, ¿está Luisa en casa?

—¿Tomás, qué Tomás? —se escucha decir a una voz de hombre en el otro extremo del teléfono.

—Dile que la llamo desde el monasterio.

—¡Ah, sí, claro, el joven investigador!

Pasan algunos minutos mientras Tomás espera al teléfono en el locutorio. Al otro lado de la línea escucha el sonido de pasos que se acercan.

—Sí, dime, Tomás —responde ella.

—¿Qué tal, hay alguna novedad? ¡No me digas! ¿A quién llamaste? Al decano de la Facultad, claro, ¡vaya tela! Esto suena a rollo muy malo... no, ¡¿yo qué peligro voy a correr aquí?! Ninguno, Luisa, tú estate tranquila. Me quedo dos o tres días más y luego ya veremos, regresaré a casa, sí, ellos llegan el domingo. Tú de los gastos no tienes que preocuparte, yo tengo dinero... bueno, pues a medias, ya lo arreglaremos. ¿Sabes quién ayuda al profesor con la informática? Ya, no lo sabes, quizás algún alumno. No... no creo que debas ponerte en lo peor, al menos de momento... ¿Estás en contacto con la policía?... ya. Oye, escucha, no comentes con nadie mi estancia en el monasterio, no, no quiero que se sepa... ¿Que te ha llamado Luis para interesarse por Arsenio? Ya... y se lo has comentado... bueno, supongo que no importa, él es amigo también... Vale, Luisa, te dejo, que está sonando la campana y en cinco minutos se apagarán las luces. Mañana te llamo... no, no me llames tú al móvil, aquí no hay cobertura, por eso te hablo desde el locutorio. Adiós.

Y Tomás cuelga el aparato. Se queda unos momentos sentado, pensativo, luego apunta la fecha, escribe unas notas en su libreta que guarda a continuación en la mochila. Justo en el momento en que sale de la estrecha cabina de madera, se apaga la luz general. *¡Vaya, hombre, y no me he traído la linterna!...*

Así que han encontrado el despacho del profesor todo revuelto, como si hubiera sido registrado deprisa y corriendo.

Tomás echa a andar por el corredor del claustro mayor.

Y Arsenio Sivane continúa desaparecido, la verdad es que el asunto está tomando un rumbo extraño, muy preocupante.

Avanza por la galería iluminada por la media luna.

Fuese cual fuese el motivo de la desaparición del profesor, y después de tantos días sin noticias suyas, es de temer lo peor, dentro de los varios peores que pueden haber sucedido.

En el silencio resuena un ruido chirriante, justo detrás de él, como una puerta que se cerrase.

—¿Hay alguien ahí? —Tomás, tenso y alerta, se vuelve hacia atrás—. Conteste si hay alguien.

Nada. Ningún sonido. Ninguna respuesta.

En la galería únicamente las débiles luces de seguridad permanecen encendidas. Sólo se escucha el silencio, roto por el agua que cae en la fuente. Tomás abandona el claustro de los monjes a través del pasadizo que conduce al de los peregrinos. Una vez en la zona de la hospedería, abre un portillo en el muro y sube las escaleras que llevan a su habitación, en la primera planta del ala oeste. Cuando está a mitad de las escaleras en penumbra, se para; le había parecido escuchar un roce, unos rasguños o puede que fuese una respiración leve. ¿Un gato cazando ratones? Se inclina a mirar por el hueco de las escaleras hacia abajo; nada, sólo se escucha el silencio... quizás una sombra más densa que las demás allá abajo... Tomás siente un estremecimiento, *puede que la presa sea yo*, piensa, pero al instante desecha esas fantasías. Sigue adelante por el pasillo, busca la llave en uno de los bolsillos de su mochila. Sus dedos nerviosos no atinan a encontrarla. *¡Menos mal, aquí está! Uuuuf...* Con un resoplido, Tomás abre la puerta de la celda y la cierra tras él de un portazo.

A lo lejos se escuchaba el maullido irritado de un gato.

Esa noche Tomás tardó en dormirse y, cuando por fin lo consiguió, fue para caer en un sueño ligero, febril, poblado de gatos furiosos, manuscritos tirados por el suelo, monjes de ojos ardientes caminando en la oscuridad de un pasadizo y una sombra más densa que todas las sombras del monasterio.

Capítulo VI

Viernes 26 de febrero. La búsqueda.

¡Cielo santo! ¿Qué ocurre?

Unos golpes apremiantes resuenan en la puerta de la habitación. Tomás se despierta con un sobresalto…

Pero, ¿qué pasa?

Los primeros rayos de la mañana iluminan el reducido espacio de su celda y le ciegan por un momento.

—Tomás, soy yo, Elías. Tienes que vestirte y bajar cuanto antes; ha venido la policía y quieren hablar contigo. Te esperan en el despacho del abad.

—¿Conmigo? ¿La policía?

Se pone los pantalones deprisa y corriendo, una camiseta y un jersey. Abre la puerta y se encuentra con el novicio.

—Bueno, contigo y con varias personas más. No sé cómo pero se han enterado de que un alumno del profesor desaparecido se encontraba alojado aquí. Les ha parecido una curiosa casualidad, les he visto mirarse de refilón y luego han puesto una cara muy rara. Quieren hacerte algunas preguntas.

Efectivamente, la policía, informada por Luisa de lo que habían encontrado en el despacho del profesor, retomaba de nuevo la investigación del caso.

—Nunca lo abandonamos, muchacho, ocurre que se han abierto nuevas vías, antes cerradas. Permíteme que nos presentemos, el subinspector Romero.

Señala a su compañero, un hombre vestido con un traje gris azulado y corbata anudada con descuido, las manos en los bolsillos del pantalón, y reclinado con cierta displicencia en el marco de la ventana.

—Yo soy el inspector Carballo, de la policía judicial.

El inspector, en cambio, está de pie en medio de la habitación, vistiendo su impecable pantalón gris, un chaleco gris marengo muy elegante y un jersey negro de punto fino y cuello alto.

—Sánchez-Novoa... Tomás, ¿no es así?

El inspector ya ha abierto su pequeño cuaderno de notas, echa una mirada rápida al muchacho que tiene enfrente, una mirada inquisitiva, de pies a cabeza.

Luego comienza a escribir sirviéndose de un bolígrafo diminuto que maneja velozmente entre sus dedos finos y ágiles.

—¿Sabes, Tomás? las desapariciones de personas —detiene su escritura y le lanza una mirada fría— son siempre difíciles de resolver, sobre todo cuando no se encuentra el motivo de ellas. A veces tiene que pasar tiempo para que afloren pistas —explica el inspector de la policía judicial con paciencia ¿teñida de ironía?—. La mayoría de las veces la desaparición es voluntaria, ¿me comprendes?, y cuando alguien no quiere que se tengan noticias suyas, buscarlo es como buscar una aguja en un pajar. En ese caso es cuestión de esperar a que se decida a dar señales de vida, si es que llega a hacerlo. Ahora bien, si la causa de la ausencia es involuntaria, ya me entiendes, entonces hay que esperar igualmente a que vayan apareciendo las piezas del rompecabezas y juntarlas.

—¿Esperar o buscarlas? —pregunta Tomás en un tono que alguien puede interpretar como impertinente.

—Precisamente es lo que estamos haciendo en este momento, buscar más piezas para el puzle.

El subinspector interviene en la conversación con el aire sabido de un viejo filósofo de la escuela de la calle.

—Así que no perdamos más tiempo en explicaciones y empecemos, muchacho. Al final se resolverá, ya lo verás, casi todo se acaba resolviendo —se endereza de forma un tanto sorpresiva, como si fuese a saltar sobre Tomás—. Explícanos, por favor —pero el tono cortante de su voz se opone a ese por favor—, cuál es tu relación con la persona desaparecida, exactamente qué estás haciendo aquí y, sobre todo, qué es lo que sabes de todo este caso.

—Señores —interviene el inspector jefe—, no es necesario permanecer de pie, vamos a sentarnos… la mañana es larga.

La relación que Tomás mantenía con el profesor desaparecido era el trato habitual entre profesor y alumno. No había más ni menos. Lo único que tenían en común, materias de estudio aparte, era la amistad de ambos con la profesora María Luisa Varela Martínez. Eso era todo. Sí, era cierto que el trato entre el catedrático y él no era muy cordial, en ocasiones habían discutido, cierto, pero exclusivamente sobre asuntos académicos. No, nunca se habían visto fuera de la Facultad. Y lo que Tomás hacía esa semana en Fontsanta era estudiar, repasar los apuntes y ponerlos al día con vistas a los próximos exámenes.

Desconocía el monasterio antes de visitarlo con Luisa; eso fue el martes pasado. Se le ocurrió venir a descansar y estudiar unos días, aprovechando que estas vacaciones se iba a quedar solo en Lugo; su familia había partido de viaje, al extranjero… Sí, a Escocia, veo que ya están ustedes al tanto. Lo que yo sé de todo este extraño asunto se reduce a lo que todos conocen: hace bastantes días que Arsenio Sivane desapareció sin motivo aparente. El último sitio donde se le vio fue Fontsanta, donde estaba trabajando. De aquí, según parece, salió hacia algún lugar que desconocemos. Digo "según parece" puesto que su firma está impresa en el libro de registro pero nadie le vio abandonar el monasterio. Su coche ha aparecido estacionado cerca de su casa, en Santiago, y se ha encontrado su despacho registrado y en gran desorden.

—Igualmente, se ha encontrado su domicilio revuelto, faltan algunos objetos personales del desaparecido, así como un par de maletas. Eso podría señalar una marcha precipitada.

Tomás le mira con aire escéptico; un leve gesto de las cejas que no le compromete a nada, puesto que lo mismo puede significar que está de acuerdo con el inspector como que tiene sus dudas.

—El catedrático Sivane... ¿es apreciado por sus alumnos?

—Ama y domina su materia y todos apreciamos su buen hacer en las clases. Ahora bien, no es un profesor que intime con los alumnos, su talante es respetuoso, pero formal y distante.

—¿Crees que Arsenio Sivane tenía algo que ocultar, se podría sospechar de alguna vida secreta?

—No puedo opinar. No conozco lo suficiente a Arsenio Sivane como para aportar ninguna explicación sobre su ausencia.

—Pero se te ocurrirá algo, los estudiantes hablan entre ellos... corren bulos.

—Cotilleos, habladurías nada más, sólo sirven para descargar la tensión de los estudios... nada serio.

—¿Estás seguro de que no recuerdas ninguna otra cosa que nos pueda servir, algo que pueda parecer insignificante a primera vista?

—Nada, inspector.

—¿Qué crees tú que ha podido pasarle? —pregunta el inspector de forma casual… como si aquella fuese una pregunta sin importancia alguna.

Tomás se encoge de hombros y mueve la cabeza a un lado y a otro.

En ese momento llaman a la puerta, y ésta se abre para dar paso a Fernando, el abad: el resto de monjes y personal con los que la policía quiere hablar están esperando, y en cuanto el inspector lo ordene, empezarán a pasar de uno en uno.

—Está bien, muchacho, ya puedes irte, aunque sigo encontrando muy extraña tu presencia en el monasterio. Te volveremos a llamar si es necesario. Si recuerdas algo, cualquier detalle que creas que pueda ayudar en el caso, ponte en contacto con la comisaría, ¿de acuerdo?

—De acuerdo, inspector.

Al salir del despacho del abad, Tomás se cruza con Tarsilio, el monje portero, el bibliotecario, Elías y Julián, el hermano hospedero. "Buenos días, buenos días". Son los cuatro monjes, junto con el abad que, debido a su cargo en el monasterio, han tenido más trato con Arsenio Sivane. Todos ellos intentan aparentar una tranquilidad desmentida, según observa Tomás, por los rostros contraídos, las manos apretadas y gestos más bruscos y rápidos de lo que es habitual en ellos.

Después de todo, ninguno de los monjes está acostumbrado a que le interrogue la policía.

Tras desayunar solo en el refectorio, absorto en sus pensamientos, sin apenas prestar atención a la mermelada de higos sobre tostadas de mantequilla o al chocolate caliente,

Tomás recoge la taza, plato y cubiertos y los lleva al mostrador donde se deposita la vajilla. Luego vuelve por su mochila y se encamina a la biblioteca. La puerta está cerrada, pero no está echada la llave. La habitación está silenciosa y tranquila. Ni rastro de Samuel, quizás no ha terminado todavía con la, digamos, entrevista con la policía.

La luz que entra por el ventanal destella en las mesas bruñidas de madera oscura.

Deja su mochila encima de una de las mesas y toma una decisión inmediata... *Voy a bajar al almacén, no creo que eso le importe al hermano Samuel, además, a lo mejor tarda toda la mañana en venir, si le espero...*

Tomás intenta abrir la puerta que deja paso al semisótano y comprueba que no está cerrada con llave.

Probablemente habrán venido a buscar a Samuel para el interrogatorio cuando el bibliotecario estaba trabajando y se ha olvidado de cerrarla. Mejor así.

Baja los cinco o seis escalones. En el cuarto el aire es denso, enrarecido por el polvo que se acumula fácilmente en los libros, pesado por el encerramiento y la ventilación escasa. Las paredes están ocupadas de arriba abajo por estantes abarrotados de volúmenes envejecidos que deben llevar decenas de años sin abrirse.

¿Qué mirar o qué buscar?

Tomás da una vuelta alrededor de la mesa central. Por cierto que hay un gran trabajo por hacer todavía con todos esos cientos de escritos, de documentos en papel o vitela, piel de ternera o vaca adobada y finamente pulida que se empleó abundantemente en la Edad Media para escribir o pintar.

Hojea algún libro polvoriento, mordido por la polilla. Curiosea al azar, sin detenerse en nada en concreto. De refilón observa que un pedazo de papel más blanco que los demás sobresale en la mesa, bajo una pila de legajos. Lo coge de forma casi mecánica; es un trozo arrancado de una hoja de libreta moderna. En el papel cuadriculado hay algo escrito con una caligrafía antigua, picuda y apretada en tinta azul de pluma: "Robert Crayk, LA-27, falta". *¡Es la letra del profesor! Recuerdo muy bien sus notas en mis trabajos*. Es en ese mismo instante cuando la portezuela que comunica con la biblioteca se abre dando un golpe seco en la pared.

—Tengo la impresión de que te gusta más curiosear que estudiar, muchacho.

Samuel, el bibliotecario, está al pie de las escaleras, el cuerpo rígido, un gesto seco y serio en la cara. Habla en un tono de voz que no disimula su enfado.

—Sube, que voy a cerrar el almacén. De ahora en adelante únicamente se podrá visitar con permiso expreso del abad y ante mi presencia.

"Robert Crayk, LA-27, falta". Tomás arruga instintivamente el papel en su puño cerrado, casi sin darse cuenta, como si le hubiesen pillado copiando en un examen. Sube las escaleras bajo la voz extrañamente autoritaria del bibliotecario, antes tan cordial…

—Disculpe, Samuel, estaba abierto y…

—Desde ahora te limitarás a usar la parte de arriba y el estudio —repite el bibliotecario en tono severo.

Recoge su mochila de encima de la mesa y, mirando de refilón a Samuel, sale rápido, enfila el pasillo y regresa a su

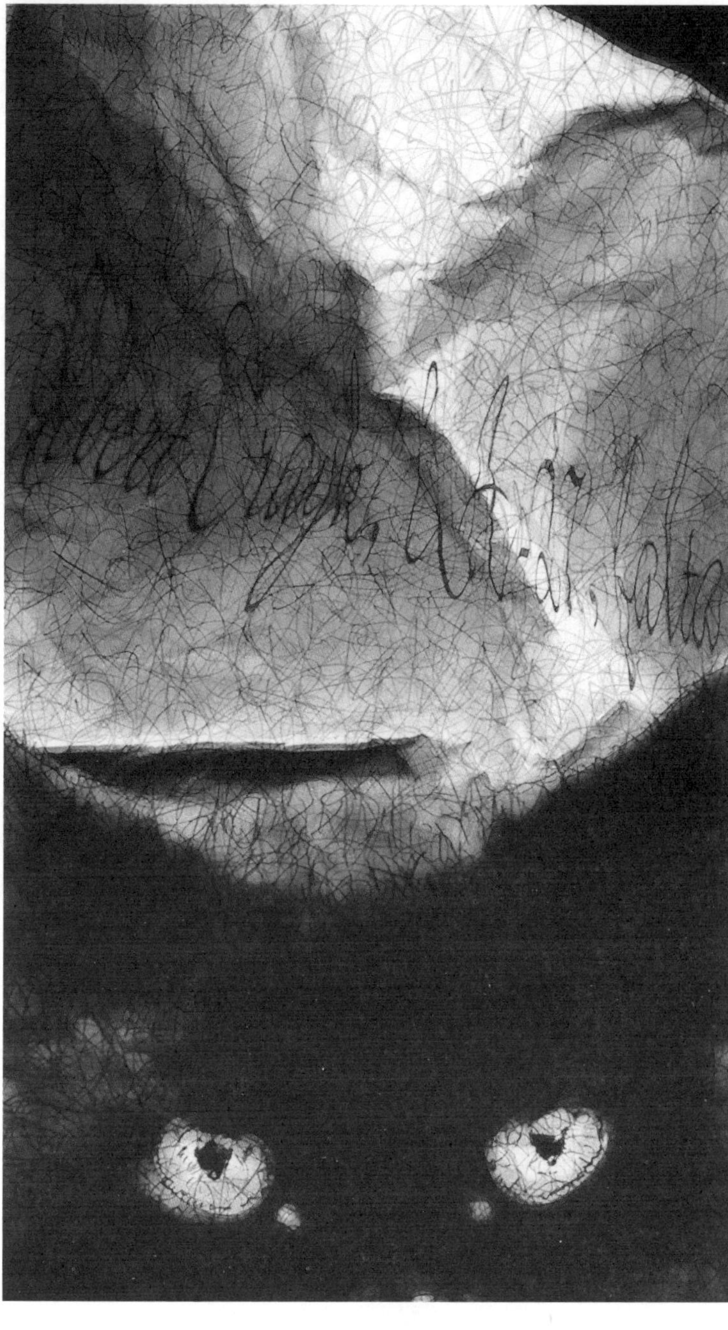

habitación. Saca de una carpeta el trabajo sobre los *Cuentos de Canterbury* que corrigió Sivane. *Sí, no cabe duda. Esa forma de hacer la "t", la "r", tan peculiares de la escritura del profesor y ese lazo con el que cierra la y, la tinta azul, que ya casi nadie usa hoy en día... todo indica que es la misma caligrafía. Este trozo de papel confirma lo que ya sabemos, que Arsenio estuvo trabajando en el archivo pero, ¿significa algo? ¿Quién es Robert Crayk? ¿Y qué quiere decir LA-27?*

Cuando Tomás baja al claustro, encuentra a Clara junto con un numeroso grupo de turistas. Espera pacientemente en un rincón de la portería a que la visita termine.

—Hola, Clara.

—¿Qué tal, cómo van las cosas?

Ella acompaña sus palabras de una hermosa sonrisa. Se acaricia suavemente el cabello negro y retira un mechón hacia atrás. Lleva pantalones de pana y una chaqueta entallada sobre un jersey de cuello alto; hace frío en esta época del año y el monasterio está lleno de corrientes de aire.

Tomás, cada vez que la ve, siente una alegría tremenda y un calor grande que le irradia desde el pecho hasta llegar a las palmas de las manos. Siente ganas de quedarse con ella todo el tiempo y salir a pasear por los bosques, cruzar los campos brumosos sin notar nunca el frío. Siente muchas más cosas de las que podría decir con palabras.

—¿Has acabado por hoy? —le pregunta en voz baja, casi un susurro.

—Sí, las visitas se han terminado. Pero tengo que esperar a que venga el hermano portero. No se puede dejar la puerta desatendida.

Tomás recordó a los cuatro monjes esperando para ser interrogados por la policía, pero de eso ya hacía bastante rato.

—Tomás, ¿quieres venir conmigo al museo de la abadía? Quiero enseñarte algo que seguro que te interesa.

—Claro que sí.

En ese momento, aparece Elías por entre las columnas de la galería. Llega algo sofocado, la mirada brillante y el pelo desordenado.

—Si quieres ya puedes marcharte, Clara. Ya me quedo yo en la portería.

—¿Ocurre algo? —pregunta ella al ver el nerviosismo del novicio.

—El hermano Tarsilio se ha puesto enfermo. Llevaba ya algunos días que no se encontraba del todo bien; parece fuerte pero es un hombre mayor y… hoy ha sido una mañana un poco complicada para todos. Le hemos llevado a su celda, y está descansando… han llamado al médico. Así que el abad me ha pedido que viniese yo a sustituirle en la portería.

Clara conduce a Tomás por la galería del claustro. Cruzan una puerta pequeña y escondida en el muro que da acceso a un pasillo estrecho, tuercen a la izquierda y luego suben a la primera planta del ala sur del convento, justo encima de la biblioteca. La guía saca un manojo de llaves del bolsillo de su chaqueta y con un movimiento decidido abre la puerta del museo.

—Pasa. Aquí se guardan muchas piezas de interés, relativas a la historia de la abadía. Hemos trabajado bastante en los últimos meses y está todo bastante bien conservado y catalogado. En unos seis meses, todo lo más un año, se podrá abrir al público.

Descorre unos grandes y pesados cortinones que impiden el paso de la luz por los altos ventanales que miran al cuidado jardín de los magnolios; desde allí arriba se ve perfectamente el antiguo cementerio de los monjes.

—Antiguamente este cuarto era el *scriptorium*; los monjes se instalaban en largas mesas de madera o en escritorios individuales y se dedicaban a escribir y copiar libros a mano; son los llamados códices.

—Manuscritos —dice Tomás.

—Sí, también se les denomina de esa manera. Sabes que tienen un inmenso valor histórico, literario y artístico. Los monjes solían decorar las páginas con hermosos dibujos en tonos rojos, verdes, azules y dorados, fíjate por ejemplo en la armonía de esta composición.

Le conduce hasta un atril sobre el que descansa un códice abierto. En la página de la izquierda, la escritura comienza con un bellísimo dibujo de una manzana cortada por la mitad.

—La manzana es el símbolo de los deseos humanos y de su manifestación en el mundo terrenal. Es el fruto del que comen Eva y Adán en el Paraíso. ¿Ves la estrella de cinco puntas que forman las pepitas en el corazón de la manzana? Se tomaba como representación microcósmica de un ser humano con los brazos y piernas extendidosen busca del conocimiento trascendente. En el cristianismo ese pentagrama en forma de estrella con sus cinco puntas representa un concepto fundamental: el libre albedrío, la capacidad del ser humano de elegir entre el bien y el mal.

—¡Caramba con la manzana! Los deseos terrenales, el conocimiento, el libre albedrío…

—Ven por este lado… nos acercamos a lo que quería enseñarte. Tú cierra los ojos y deja que yo te guíe.

¿Cómo no cerrar los ojos y tocar la mano cálida y firme de ella?

Le hace girar un par de veces sobre sí mismo "así pierdes la orientación, lo cual ayuda al dramatismo del momento", le dice. Luego le guía por la sala, sorteando varios obstáculos para terminar colocándolo frente a uno de los muros.

—Ahora ya puedes abrirlos.

Abre los ojos y lo que ve ante él le hace retroceder un paso hacia atrás.

—¡Pero si soy yo!

—No —sonríe Clara—, es el autorretrato de un monje del siglo XIII.

—¡Somos tan iguales… es increíble!

—Como dos gemelos: los ojos claros de mirada penetrante, la forma cuadrada del rostro… y ese lunar sobre la ceja izquierda. Cuando te vi por primera vez, me vino inmediatamente a la memoria este retrato, tan raro para su época por lo que tiene de detallista y personal.

—¿Quién era?

—Mira en este lateral, verás un nombre… Es una caligrafía muy pequeña… —se acerca a un cajón y saca una lupa—. ¿Ves? Robert… después unos trazos ilegibles y luego Newton.

—Mira… —señala Tomás una especie de mancha en la parte izquierda del dibujo—. ¿Qué es esta figura? Es… es… un gato.

—Sí, eso parece. No me había fijado hasta ahora.

—Clara, ¿tú sabes si…?

En ese momento suenan unos golpes en la puerta y por ella asoma el rostro de uno de los monjes.

—Clara, el abad desea hablar contigo antes de que te vayas.

—Enseguida bajo. Se me ha hecho un poco tarde —dice volviéndose hacia Tomás—, si quieres otro día seguimos visitando los tesoros que guardan estos edificios.

—Me encantaría, aunque no sé cuantos días más me quedaré. ¿Cómo podíamos quedar?

Ella saca una tarjeta de una diminuta agenda que lleva en el bolsillo interior de su chaqueta.

—Toma, por si no nos volvemos a ver en el monasterio.

En la tarjeta está escrito su nombre, teléfono y su correo electrónico.

Al regresar a la biblioteca, Tomás se encuentra al antes cordial bibliotecario, transformado ahora en feroz guardián del recinto.

—Samuel, ¿puedo usar el ordenador?

—Puedes hacerlo, pero sólo media hora; en cuanto llamen para la oración cerraré y aquí no se puede quedar nadie.

Bien, aquí estamos… voy a buscar el nombre en Internet.

Tomás pone en marcha el buscador y aparece en pantalla:

“Robert Crayk Newton, nacido en Escocia durante el siglo XIII. En el año 1256 entró como novicio en el monasterio escocés de Dirham donde vivió una vida monacal de forma interrumpida por sus muchos viajes y peregrinaciones. Se desconoce la fecha de su fallecimiento, así como el lugar del mismo. Desarrolló una notable labor como cronista del brillante momento histórico que le correspondió vivir en el que se dio un extraordinario florecimiento de los monasterios como centros de poder y cultura en toda la Europa cristiana.

”Hombre intrépido y viajero; están documentados sus viajes hasta tierra Santa y a Santiago de Compostela. Fue hábil copista y dibujante, maestro cantero, arquitecto, escritor, y al parecer investigador interesado en la química, las propiedades de los vegetales y la alquimia de los metales, actividades que atrajeron sobre él sospechas de prácticas contra la religión, lo cual supuso que sus superiores eclesiásticos abriesen una investigación sobre sus actividades que sospechaban prácticas mágicas ligadas al Maligno.

”Vivió en el monasterio de Fontsanta durante una larga temporada, participando en el diseño de los planos y posteriormente en la construcción de la abadía. Durante su estancia en dicha abadía sus enemigos le acusaron nuevamente de herejía y fue condenado a muerte. Desapareció misteriosamente de su mazmorra la noche anterior a su ejecución y nunca se volvió a tener noticias de él.

”Robert Crayk Newton fue también conocido por el sobrenombre de *Cat*, Gato, porque en ocasiones utilizó la representación de ese animal como firma.

"Han quedado bastantes referencias de su obra en documentos de la época, aunque no se conservan sus escritos originales, que, se cree, desaparecieron en el voraz incendio que destruyó Dirham a finales del siglo XIV".

Así que éste es Robert Crayk... Robert Crayk... R. C., es el hombre del retrato que me enseñó Clara. ¡Vaya, va a ser cierto que tengo un gemelo, como decía el profesor Sivane, sólo que en algún lugar del tiempo y del espacio que no son los actuales! Vamos a ver si... LA-27... nada, no se encuentra nada que tenga que ver con tal letra y cifra.

—Tendrás que marcharte ahora, Tomás, vuelve más tarde, cuando yo esté aquí. Disculpa mi tono de antes... Estamos un poco nerviosos con este asunto del profesor, la policía, los interrogatorios. Es todo muy desconcertante... No estamos acostumbrados a estos jaleos, debes comprender que tomemos algunas precauciones hasta que se aclaren las cosas.

—¿Hasta que se aclare qué? ¿Se refiere a la desaparición de Arsenio Sivane?

—Salgamos, por favor, ya han tocado la segunda vez; llegaré tarde si me entretengo en conversaciones.

Una hora más tarde, un monje acude a la habitación de Tomás para avisarle de que en el locutorio tiene una llamada telefónica. Será Luisa. Cuando coge el aparato, escucha la voz de Mara. ¡Qué sorpresa! ¿Cómo has sabido que estaba aquí? Ya, te lo dijo Luisa, un secreto a voces, mi estancia en este lugar, y eso que le dije que no comentase nada a nadie. Sí, yo estoy perfectamente, estudiando mucho, claro, me he traído un montón de apuntes y éste es un lugar fantástico para concentrarte. ¿Del profesor, dices? Bueno, no se sabe nada todavía, a lo mejor tenéis más noticias vosotros ahí fuera… ya, nada tampoco. Pues eso es lo que sabemos, nada. La policía está investigando el asunto; esta mañana nos han interrogado a todos los que hemos tenido algún contacto con él, sí, como te lo cuento, Mara, también a mí, les pareció una casualidad muy singular que yo fuese alumno suyo y me encontrase en el monasterio. No, ¿qué les iba a decir si no sé nada? Bueno, oye Mara, cambiando de tema, ¿tienes idea de lo que puede significar una cifra, LA-27, supongamos, añadida al nombre de un autor? Ya, no se te ocurre qué puede ser… vale, nos vemos, divertíos sin mí. Vale… hasta pronto.

Después de consultar el horario que Elías le había entregado, baja a la biblioteca, donde encuentra de nuevo a Samuel trabajando, algo enredado con sus muchos papeles y fichas.

—¿Necesita el ordenador, hermano Samuel, o puedo usarlo?

—Ponte, ponte tú, ahora mismo no lo necesito.

Coloca sus cosas sobre la mesa, rebusca en su mochila y saca una tarjeta. Le escribe un correo a Clara. *Seguro que ella lo sabe…, le pediré que me envíe a mi dirección… puedo consultarla desde aquí mismo mediante mi clave.*

Ordena sus apuntes y pasa algunas notas a limpio. El día se le está haciendo largo y complicado a Tomás; tiene una especie de puzle desordenado en su cabeza y ningunas ganas de escribir, ni de leer, mucho menos de ponerse a estudiar, así que decide que esa tarde saldrá a dar una vuelta por los alrededores del monasterio; tal vez incluso se acerque hasta el pueblo. Necesita salir de aquel laberinto pétreo en el que está empezando a asfixiarse, pasear por aquellos caminos que se divisan más allá de las ventanas enrejadas.

—Tú sales cuando quieres, ¿eh?

Le dice Tomás al gato que se encuentra en el claustro al pie de las escaleras al tiempo que acaricia su suave cabeza, le rasca detrás de las orejillas y toca sus bigotes con un gesto delicado.

—Pues ahora me toca a mí, amigo. Adiós, luego nos vemos.

Gato le mira.

—Volveré, no te preocupes.

El aire era frío y empezaba a caer una lluvia fina y helada. Al abandonar el monasterio, Tomás pasó por delante del numeroso grupo de peregrinos que, de pie o sentados ante la puerta de la hospedería, esperaban su turno para registrarse y acceder al interior del albergue, y tomó el camino que se dirigía hacia el interior del valle.

Observando el paisaje alrededor, se hacía evidente que la abadía de Fontsanta había sido construida en un lugar elegido con sumo cuidado por los primeros eremitas que llegaron a aquellas tierras en busca de un sitio seguro: un valle rodeado por montañas no excesivamente altas, pero sí lo suficiente elevadas como para servir de protección natural contra los vientos fríos, y también contra asaltantes e invasores de todo tipo. El edificio del convento se levantó cercano al río, garantía de que el agua necesaria para hombres, animales y campos no iba a faltar. Y agua también como fuente de energía para mover la rueda del molino y la de una fragua cercana que antaño funcionara como taller metalúrgico. Para su propio consumo, los monjes habían realizado una modesta pero eficaz obra de ingeniería que les permitió canalizarla desde una fuente que manaba en una de las faldas de las colinas. El bosque, dentro de la propiedad, proporcionaba leña y bellotas para los animales. Y luego estaban los campos de labranza, fértiles y generosos en cosechas.

Los monjes de la orden a la que pertenecía Fontsanta eran decididos partidarios de avanzar en el camino de la espiritualidad mediante el trabajo manual, la oración, el silencio y la reflexión a través de la contemplación de la naturaleza. ¡Qué lugar mejor que aquel valle donde se respiraba armonía, sencillez y tranquilidad a la vez que se encontraban los recursos necesarios para la supervivencia!

Tomás deambulaba sin pensar en nada en concreto, dejándose llevar por sus pies, sintiendo el viento fresco desordenar su pelo y las diminutas gotas de lluvia enfriarle la cara y aliviar su espíritu algo alterado. El tiempo pasado en el convento y los acontecimientos de los últimos días le habían generado una sensación de encerramiento y de haberse perdido en un laberinto mental. Los que le conocían bien decían que Tomás tenía una sensibilidad especial para captar la atmósfera de los lugares, que era como un sensor psíquico, y tal vez tuviese esa facultad, pero su juventud y escasa experiencia le impedían, en ocasiones, organizar de forma coherente en su conciencia todas esas cosas que captaba inconscientemente. Quizás era por eso por lo que tenía sueños extraños.

Paseó, se detuvo a la orilla del río, siempre es reconfortante escuchar el sonido del agua moverse, caer, deslizarse. Los árboles comenzaban a mostrar algunas yemas, asomaba alguna hoja más atrevida. Únicamente las fragantes mimosas habían florecido en pleno esplendor amarillo.

Le gustaba pasear solo sus pensamientos, sin necesidad de compañía, ni de conversación.

Rodeó las construcciones de la abadía, se internó en el bosquecillo y caminó, sin prisa alguna, por la margen izquierda del río. Más tarde, cuando empezaba a oscurecer, emprendió el camino que regresaba cruzando el pueblo. Las calles estaban vacías, apenas se cruzó con un par de ancianos que le saludaron atentamente. Tomás notaba que, tras cortinas y visillos, algunas miradas seguían sus pasos. Al pasar por delante de un comercio de esos en los que se vende un poco de todo, se acordó de que necesitaba comprar algo. El establecimiento estaba en penumbra y apenas se distinguía al tendero al otro lado del mostrador.

—Déme una linterna —pidió Tomás—. No, no muy grande, pequeña más bien.

—Una linterna puede ser una cosa bien útil, aunque no sé si tendrás necesidad de usarla en el monasterio. ¿Acaso te asusta cuando por la noche se apagan las luces?

El monje hospedero salió inesperadamente de entre las sombras de un rincón, sobresaltando al muchacho con su comentario y su inesperada presencia en el lugar.

—Creía que los monjes no podían abandonar la clausura del convento.

Desde luego, sólo si era preciso. El hermano se encontraba en la tienda para encargar las provisiones que necesitaban para la despensa; además del gasto diario de monjes y huéspedes, todas las noches se servía gratuitamente una ración de sopa de ajo a los peregrinos que pernoctaban en el monasterio. En ocasiones, como estos últimos días, los comensales superaban el número calculado y se hacía necesario acudir a por más alimentos. ¿Satisfecha la curiosidad del muchacho?

Tomás no respondió a esta última pregunta más que con un gesto de asentimiento y enseguida se puso a examinar las dos linternas que el tendero había colocado ante él. Sentía sobre él la mirada intensa, penetrante de Julián. Una mirada acostumbrada durante años a calibrar a la gente y descubrir sus intenciones.

¿Por qué se mostraba Julián tan misterioso, como si supiera cosas muy graves e importantes que los demás desconociesen?

—Me llevaré ésta más ligera… ¿Pilas tiene usted…? Déme un par de ellas.

Tomás pagó, guardó la compra en su mochila de bandolera y abandonó el establecimiento.

—Buenas tardes.

—Buenas tardes —respondieron a coro el comerciante, mudo testigo de toda la conversación, y el monje hospedero.

Tomás regresa al convento alegre, reconfortado por la salida al aire fresco, y muy hambriento. Se acerca la hora de la cena, así que sube rápidamente a su habitación a dejar la mochila y el anorak con el resto de cosas.

Al subir las escaleras hacia la segunda planta, encuentra a Elías, sentado en uno de esos prácticos bancos de piedra situados justo bajo las ventanas y que permiten aprovechar la luz natural hasta el final del día; está leyendo un libro.

—Hola, Tomás. Traes un fantástico aire fresco a tu alrededor. ¿Has salido a dar una vuelta?

—Sí, tenía ganas de recorrer algún kilómetro en línea recta. ¿Qué haces, estás leyendo?

—Sí, hoy hemos terminado pronto de registrar a los peregrinos, así que estaba aprovechando para descansar un rato antes del refectorio. Estaba preparando la lectura, hoy me toca a mí subir al púlpito.

Elías es un ser del que se desprende una sensación de serenidad y orden, como si sus actos surgieran de un acuerdo interno entre lo que piensa y siente y el compromiso vital que ha elegido. Y eso no es muy frecuente encontrarlo en una persona, ni a su edad ni a cualquier edad.

—Elías, ¿podrías ayudarme en algo que te voy a pedir?

—Bueno, veremos, primero dime qué es.

—Quiero ver de nuevo el libro de registros.

—Bien, me imagino que no habrá ningún problema —Elías duda—. Julián ya habrá regresado del pueblo.

—Elías… preferiría que no se enterase nadie.

El novicio le mira desconcertado.

—No sé qué pretendes, Tomás, ¿no crees que te estás metiendo...?

—Donde nadie me llama, ¿verdad?

—En fin, no creo que nosotros...

—Elías, es tan sólo mirar un libro de registros... seguro que la policía también lo ha consultado, ¿o no?

Sin hablar una palabra, bajan hasta la hospedería, que está en silencio y a oscuras. Elías enciende una lámpara y busca bajo el mostrador donde se guarda el libro de registros. Se lo entrega a Tomás, que lo abre y comienza a buscar rápidamente los últimos fines de semana de los seis o siete meses anteriores.

—Pero, ¿qué buscas?, si puede saberse.

—Mira, Elías, fíjate en las diferentes firmas del profesor, compáralas con esta última.

—¿Y? Para mí son exactamente iguales unas a otras.

—¿Por qué todas están escritas con tinta azul de pluma y la del domingo día 21, fecha de su última salida, está en bolígrafo negro?

—¿Qué importancia puede tener semejante cosa?... Lo más probable es que el profesor tuviese prisa, no tendría a mano su pluma en ese momento y firmó con lo primero que encontró para ello.

—Quizás sí y quizás no. En principio esta firma es un detalle que choca con el comportamiento tan metódico de Arsenio Sivane.

—Vámonos de aquí, por favor, Julián debe de estar a punto de volver y no me gustaría nada que nos encontrase fisgando.

Elías coge el libro de manos de Tomás, lo cierra presuroso, lo deja en su sitio de nuevo y casi arrastra a Tomás hacia la salida.

Apaga la luz tras ellos.

—No sé qué pretendes Tomás, si es que quieres dártelas de detective o algo así. Estos juegos no son divertidos, ¿sabes?, y a lo mejor te acabas metiendo en un verdadero lío.

—Oye, Elías, ¿cómo está Tarsilio, el hermano portero?

—Mal, está grave. Ha venido el médico y quería ingresarlo en el hospital, pero Tarsilio se negó en redondo con las pocas fuerzas que le quedan; dice que no va a salir a ningún sitio, que del convento no le va a sacar nadie más que el Altísimo, y que cuando le llegue su hora, le enterremos en el cementerio de los monjes.

—¿Tan grave es la cosa?

—Nos tememos que sí. Ha pedido que le lleven la extremaunción.

—¿El sacramento que se les administra a los moribundos?

—Sí.

Capítulo VII

Sábado 27 de febrero. El descenso.

A mis pies, unas escaleras de piedra descienden hacia el interior de una habitación fría, húmeda: una cripta. Cargo un libro muy pesado, tanto que me cuesta sostenerlo. Algo me impulsa a bajar las escaleras a la luz grisácea y opalina que ilumina la estancia. En el aire flota un olor fuerte y ácido, una mezcla de tierra húmeda y agua estancada. Voy buscando algo, ¿qué es? Un libro, creo, pero yo ya llevo un libro en las manos. Lo miro extrañado; es un manuscrito encuadernado en piel muy fina. Hay algo grabado en la portada, no distingo con claridad lo que es, aunque... sí, parecen dos letras mayúsculas... Pero... olvido qué es lo venía a buscar y doy vueltas por la habitación tratando de encontrarlo, pero, ¿encontrar qué? Súbitamente, de entre las sombras de la estancia, surge un monje vestido con un hábito de lana tosca color marrón oscuro, lleva la cabeza cubierta con la capucha. Se mueve despacio, en el mayor de los silencios. Se detiene, se vuelve hacia mí, levanta la cabeza y fija sus ojos brillantes como fuego en los míos. ¡El monje soy yo mismo! Me quedo tan petrificado como los muros que me circundan. La figura me da entonces la espalda y con un movimiento fluido, acuático, se vuelve hacia el muro frente a las escaleras por donde yo he bajado. Camina decidido, en realidad, más que caminar, parece flotar, ondular en el aire. En el muro no hay nada. ¿Qué hace? El monje continúa su avance, se detiene unos instantes frente a la pared desnuda y la atraviesa… ¡atraviesa el muro como si éste fuese de humo! Lo último que veo de él es el borde de su hábito marrón, el talón de un pie calzado con una sandalia de cuero y la sombra elástica de un gato tras él. Pero es un sueño, estoy soñando, porque nadie puede atravesar muros de piedra en la vida real…

Tomás se despierta tan sobresaltado que tarda unos minutos en reconocer el lugar: la cama estrecha, la oscuridad rota por el levísimo resplandor lunar que entra por la tronera de su celda. *¡Ah, claro, la celda! Era un sueño, pero… el monje era el mismo con el que soñé la otra noche.*

Los sueños pertenecen al mundo oscuro y lunar, ordenan nuestra realidad diurna cuando parecen desordenarla. Atan cabos soltándolos, y los sueltan al atarlos. Y con ese material construyen una pequeña o gran historia.

—¿Qué historia te está contando este sueño, Tomás?

—Habla de un monje que es igual que yo, un manuscrito y una cripta a la que se entra directamente a través de un muro de piedra.

Esa mañana Tomás, tras desayunar con Elías en el refectorio, va camino de la biblioteca; entonces oye unas voces airadas, más altas de lo que es habitual en el convento. Voces que salen tras la puerta medio abierta del despacho del abad. Dentro se vislumbra al administrador del convento que, con la cara congestionada, gesticula, mueve los brazos arriba y abajo y vocifera casi colérico.

—Después de tantos años de servicios leales, no se me puede insultar de esta forma, Fernando...

—Nadie te insulta... cálmate, te lo ruego.

—No lo digo por ti, ya sé que no... es la policía que...

—Se están sacando las cosas de quicio, nos encontramos todos bastante alterados con todo este asunto y... Ya sabes cómo es la policía, dejan caer sospechas, veladas insinuaciones, para que la gente hable y hable en un intento de justificarse, eso es todo, ¡cómo vamos a pensar que tú estabas compinchado con Arsenio Sivane! Ni por un momento he pensado semejante cosa... si ya me resulta imposible creer que don Arsenio haya podido...

En ese momento el administrador se percata de que alguien les observa desde el corredor. El abad al ver su mirada alarmada, se dirige él mismo hacia la puerta.

—Buenos días. ¿Querías algo, Tomás?

—No, no, nada... Pasaba por aquí... camino de la biblioteca. Hasta luego.

—Que tengas un buen día.

La puerta del despacho se cierra tras él, sin brusquedad pero con firmeza.

Tomás se pasa casi toda la mañana trabajando en silencio en la tranquila biblioteca. *Voy a consultar mi correo desde aquí, a lo mejor Clara ya me ha enviado... ¡Fenomenal, aquí está su correo de respuesta!:*

"Hola, Tomás,

No sé lo que buscas exactamente ni para qué, pero el material del que yo dispongo es confidencial y privado; está en mi poder únicamente por mi trabajo en el monasterio y aunque sí tengo los planos que me has pedido, debo aclararte que no estoy autorizada a enviártelos. De cualquier forma, en la biblioteca de Fontsanta hay algún libro de arquitectura monástica medieval donde podrás encontrar lo que me pides. Habla con el hermano Samuel, él te lo prestará si lo considera oportuno. Mañana no estaré en el monasterio, pero sí pasado y me gustaría que hablásemos de este asunto.

Un saludo.

Clara".

Está bien, Clara. Tienes toda la razón.

Lo que Tomás no tiene nada claro es que el bibliotecario le ayude a buscar lo que él quiere. En ese momento se abre la puerta y aparece Elías que trae el periódico del día a la biblioteca.

—¿Qué haces? —pregunta el novicio al ver a Tomás absorto ante la pantalla.

—¿Podrías ayudarme en algo?

—Oye, ¿acostumbras a responder con otra pregunta?

—Luego te lo cuento todo, hombre, no te enfades. ¿Me ayudarás?

—No lo sé, dime primero qué es lo que quieres.

—Que me ayudes a encontrar los planos antiguos de Fontsanta.

—¿Para qué quieres tú eso? —Elías ha alzado la voz, provocando que el bibliotecario levante la cabeza y les lance una mirada interrogante.

—Baja la voz, por favor...

—Dime para qué quieres ese plano —susurra el novicio.

—Puedes estar tranquilo, no voy a hacer nada que perturbe la vida de la comunidad. Es una curiosidad que tengo, nada más que eso; quiero comparar el monasterio actual con las construcciones originales... si está publicado en los libros tampoco creo que sea ningún delito consultarlo.

Elías le acompaña a regañadientes hasta una de las estanterías de la biblioteca, allí hojean juntos algunos libros.

—¿Puedo ayudaros en algo? —Samuel no les ha quitado la vista de encima desde que les ha oído cuchichear.

—No, gracias hermano, buscamos información sobre diferentes construcciones arquitectónicas de la Edad Media... románico tardío y todo eso. Ya nos arreglamos nosotros solos.

El bibliotecario vuelve a su tarea.

—Aquí lo tenemos, ¿ves? Hubo un primer edificio, levantado alrededor del siglo V, se reducía prácticamente a una capilla abovedada, excavada en la tierra, como protección ante actos de pillaje, y unas pequeñas construcciones alrededor en las que moraban algunos eremitas. El actual monasterio se empezó a construir en el siglo XII, plena Edad Media, y se terminó en el XIV, en la baja Edad Media, en estilo románico tardío. Aquellas primeras construcciones quedaron bajo las siguientes edificaciones y parece ser que pasaron a usarse como mazmorras e incluso como cementerio de monjes.

—No me extraña nada; debajo de un lugar sagrado suele aparecer siempre otro anterior, y si siguen excavando aparece otro más antiguo todavía... Es como si el propio lugar tuviese una fuerza especial que atrajese a las personas a construir algo permanente en él.

—Voy a fotocopiar estos planos. Me llevaré un par de libros más para no levantar las sospechas del bibliotecario.

Elías se muerde el labio inferior y mira en otra dirección, pero acompaña a su amigo al rincón donde está la fotocopiadora.

—Ya los tengo —Tomás recoge las copias impresas y las introduce con rapidez en su mochila—, ya habrá tiempo de estudiarlos con calma en un lugar menos... concurrido. ¡Ah, se me olvidaba apagar el ordenador! Ya que estamos aquí ¿Quieres conocer a mis amigos, Elías? Voy a descargar las fotos de la última fiesta que tengo guardadas en mi móvil, así conocerás a algunos de ellos.

En la pantalla aparecen los rostros sonrientes de varios chicos y chicas en una fiesta... Elías mira distraídamente las caras de unos y otros. De pronto se queda observando con gran interés la pantalla y pregunta extrañado.

—Entonces, ¿tú la conoces?

—¿A quién?

—No sé cómo se llama, a esta muchacha de aquí.

Señala con el dedo para indicar el rostro sonriente de una chica morena de pelo oscuro.

—Es una amiga de hace mucho tiempo. Pero bueno —se vuelve asombrado hacia Elías—, ¿acaso la conoces tú?

—Sólo de vista, nunca he hablado con ella. Es la alumna que vino un par de veces o tres con el profesor y su ayudante a revisar el material del almacén y los archivos.

—¡¿Qué?! —pregunta Tomás, estupefacto—. ¿Me estás diciendo que ella es la becaria que acompañaba a...?

Mueve la cabeza a un lado y a otro con la mirada fija en el rostro de Mara que brilla estático en la pantalla.

Sopa de cebolla, revuelto de verduras, pan, queso y agua. Ése ha sido el menú de mediodía en Fontsanta. Tomás come en una mesa solo y pensativo. Elías se ha sentado con unos cuantos hermanos en una de las mesas corridas de las que disponen para estar todos juntos. Al terminar la comida, Tomás se levanta, recoge el servicio que ha usado, lo deposita en una bandeja y la lleva hasta el mostrador donde las recoge uno de los monjes encargados del comedor. Justo cuando termina de depositar la bandeja, se da la vuelta y se encuentra de frente con el abad.

—¿Te gusta la comida que se sirve en nuestro comedor?

—Es excelente, hermano.

Detrás del abad, guardando una distancia de dos o tres metros, esperan de pie varios monjes, todos ellos con expresión grave, las manos metidas bajo los pliegues de sus hábitos. Esperan en silencio a su superior.

—¿Has encontrado entre nosotros la tranquilidad que esperabas, Tomás?

—Sin duda, su monasterio es un lugar tranquilo, ideal para el retiro y el estudio.

—Así es, y es tarea de todos los que aquí estamos que siga siéndolo, ¿no crees?

Hay algo en su voz, en el tono seco con que pronuncia las palabras, en sus ademanes tan extrañamente estáticos, y en las miradas de los monjes que le esperan, que despiertan una alarma en el interior de Tomás.

—Desde luego que sí.

—Debemos respetar su calma y su paz. Estarás de acuerdo conmigo en que eso se consigue ocupándose cada uno de lo suyo y no interfiriendo en la vida monacal.

—Sin duda alguna, hermano abad.

—Muy bien, Tomás —Fernando le sonríe de nuevo con amabilidad—. Me alegra oír que estás a gusto entre nosotros. Sería muy desagradable que tuvieses que abandonar nuestra casa antes del tiempo convenido. Buenas tardes.

—Buenas tardes.

El muchacho contempla cómo se aleja la corpulenta figura del abad, seguido por el resto de los monjes.

Esa tarde se la pasa entera encerrado en su celda.

La luz del cuarto creciente ilumina la figura cargada con una mochila que sale sigilosa de una celda en la primera planta de la hospedería. Es necesario ser silencioso, caminar deslizándose por los corredores vacíos a estas horas de la noche, para que el eco de los pasos sobre la piedra no resuenen como redobles de tambor en sillares, columnas y pilares. La acústica del monasterio es muy sutil, más a esa hora nocturna, cuando cualquier sonido se hincha, silba y rueda entre sus muros como en una demostración de lo fácil que es hacer ruido y qué difícil proteger el silencio. Tomás se para, se asoma por la galería a la parte del claustro de los monjes. Allá abajo se escucha un rumor que se acerca... Se abre una portezuela en uno de los muros laterales del claustro y a través de ella se deslizan a la galería un grupo de figuras que avanzan en hilera. Se parapeta tras una columna del corredor de la primera planta: los monjes cruzan la galería en silenciosa procesión; figuras espectrales con las cabezas cubiertas por la capucha y las manos bajo el hábito; se mueven lentas, como flotando bajo la luz opalina. El borde de los hábitos se mece al vaivén de los pasos de los monjes. Uno, dos, tres... los cuenta sin saber muy bien para qué, por calmar la tensión, quizás... dieciocho ¿pero no estaba el hermano Tarsilio postrado en su celda? ¿Cómo es que acude al servicio, entonces? Habrá mejorado, seguramente. La procesión se aleja con paso solemne en dirección a la iglesia. Muy quieto y silencioso, Tomás deja que pasen algunos minutos, hasta que oye a lo lejos un murmullo que se alza en ese silencio, va y viene, sube y baja de forma armónica... son las voces de los monjes que rezan y cantan los salmos en su oratorio. Celebran los maitines: debe de ser entre las doce de la noche y la una de la madrugada. Tomás baja las escaleras que conducen hasta el claustro de peregrinos, igualmente silencioso y oscuro, pero al menos al aire libre. Cruza el pasadizo, levanta el pasador y entra al claustro de los frailes: sólo el rumor del agua en la fuente rompe la quietud. Recorre la galería, cruza por delante de las columnas desde cuyos capiteles las extrañas figuras deformes le hacen burla. *¿Dónde vas? ¿Qué buscas? ¡No me voy a dejar impresionar por unos monstruitos de piedra.* Sus pasos resuenan sobre el pavimento y producen un extraño eco, como si... otras pisadas tan leves como las suyas le devolvieran el sonido, el ritmo. *¿Cómo van a ser otras pisadas? Mejor voy a dejar de imaginarme cosas, es el eco.* Cruza por delante de la puerta del locutorio, luego llega a la entrada de la biblioteca. ¡Cerrada con llave! Tomás duda un instante, pero decide seguir avanzando por delante de los despachos del abad y del administrador, igualmente cerrados. Sigue hasta el comedor. *Oye, Tomás, ¿no te estarás pasando? Es un abuso de confianza para con los monjes el ponerse a fisgar donde nadie te llama. Seguramente es así, pero el profesor ha desaparecido, nadie puede dar cuenta de su paradero, quizás le haya ocurrido algo malo y la solución debe de estar en algún sitio, muy probablemente en el monasterio de Fontsanta, donde él ha pasado muchas horas entregado a una tarea importante y delicada... Por otra parte, éste es el último lugar donde fue visto. Arsenio Sivane trabajaba en la biblioteca, yo sueño con un monje que me lleva al sótano bajo la biblioteca. Tengo que seguir... y debe ser ahora, cuando pue-*

do estar allí abajo solo y tranquilo; el hermano Samuel no me dejará entrar por mi cuenta después de la visita de policía.

Tomás se pregunta y se responde a un tiempo. Aunque nota tensión en todo el cuerpo, también se siente con la cabeza muy fría. ¡Ah, la puerta del comedor está abierta!, tan sólo sujeta por un pasador que cede fácilmente. Las sombras reinan en la estancia. Las cortinas echadas sobre las ventanas impiden que entre ni un rayo de luz. Camina a tientas, rozando a veces las mesas, las sillas, avanza en línea recta, hacia el muro donde sabe que se abren los ventanales que dan al patio y al jardín de los magnolios. No es difícil abrir las ventanas y saltar fuera. Qué alivio. Tomás respira profundamente el aire fresco y húmedo. Como una lámpara, el arco creciente de la luna ilumina suavemente el paisaje. Sus ojos se acostumbran pronto a la penumbra y camina con seguridad, bordeando el edificio; frente a él queda el cementerio de los monjes. De repente algo le roza las piernas, haciéndole brincar del susto.

—¡El Gato! Pero, ¿qué haces tú aquí a estas horas? Claro, es la hora de la caza, ¿no?

El muchacho le rasca la cabeza, le frota tras las pequeñas orejas que son como triángulos peludos y el animal se deja hacer.

—Tengo que irme, ya jugaremos en otro momento, ¿de acuerdo?

Tomás se incorpora y al hacerlo, el gato se enreda entre sus piernas haciéndole perder el equilibrio. *¡Eh! ¡Qué haces, chico, me vas a tirar! Chssssss.* Tomás consigue no caerse de bruces al suelo porque apoya a tiempo la mano izquierda en el muro. Sus dedos perciben unos surcos en la piedra. *¡Vaya, una de las piedras grabadas por Robert Crayk!* Se queda atónito *¡Robert Crayk Newton! Cantero, escritor, dibujante y estudioso de las ciencias ocultas... Escribió los diarios de su recorrido por el camino de Santiago... R. C... ¡Eso es! ¡Es la referencia bibliográfica de un autor! Y la letra y el número LA-27... ¡es un sistema muy sencillo de clasificación! Deben de indicar su posición en las estanterías. Y falta, falta de aquí, de la biblioteca, ¡no, no de la biblioteca! ¡Del almacén de libros! Tiene que ser del almacén; porque es allí donde se guardan los códices sin clasificar, y allí fue donde encontré el papel con la nota del profesor. Él descubrió la ausencia del libro, pero, ¿es eso entonces tan importante? ¿Qué relación tiene con la desaparición del profesor?... si es que existe esa relación, claro está... Ahora más que nunca tengo que bajar.*

Avanza por el patio, siempre protegido por la oscuridad y el muro hasta llegar frente a las cristaleras de la biblioteca. Las persianas están bajadas, pero no resulta difícil subirlas. Lo peor es el ruido que hacen y que le obliga a abrirlas con mucho tiento. Luego, con un golpe seco, abre la ventana. *Parezco un ladrón, si alguien me viese... a ver cómo le explicaba que... pero no me queda más remedio...* La biblioteca está sumergida en una oscuridad tan sólo rota por los pequeños rayos de luz grisácea que penetran por las persianas.

Fuera maúlla un gato.

—¡Chssss, que vas a despertar a todo el convento!

Tomás revuelve en su mochila, a tientas palpa la linterna, es pequeña y de haz corto, será suficiente. Va hacia la mesa de despacho del bibliotecario, procurando no golpearse con los cantos de las mesas y sillas. El segundo cajón, ése es, ahí están las llaves que busca… ¡Vaya, está cerrado con llave! ¿Y ahora qué? Lo siento, pero no me va a quedar más remedio que hacer un pequeño estropicio, hermanos… Procuraré arreglarlo tan pronto como pueda. Tomás saca de la mochila una pequeña navaja multiusos e introduce la hoja por entre la tapa frontal del cajón y el borde del mueble para meter por allí los dedos y, tirando con fuerza, despegar la chapa de madera donde está el cerrojo. Finalmente, logra separar parte de la chapa de madera del resto del cajón. Introduce una mano por el hueco, mientras con la otra sigue tirando de la hoja de madera. Revuelve en el interior del cajón, tantea y palpa los objetos que encuentra: unos papeles, una grapadora, algún bolígrafo y… por fin, el manojo de llaves le responde con un sonido metálico. Fuera, en el patio, otro ruido suena, entra en la biblioteca y retumba en las paredes y el suelo. Tomás se queda quieto, todo su cuerpo alerta, con la mano todavía dentro del cajón. ¿Qué ha sido eso? Era como algo que caía, quizás el gato. No se vuelve a oír nada, tan sólo el silencio.

Con el llavero todavía en las manos, Tomás recoge la mochila del suelo y se la pone a la espalda. Luego camina muy decidido hasta la puerta del almacén y ayudándose de la luz de la linterna, enseguida localiza la llave que le corresponde; la puerta cede produciendo un leve crujido. Y se abre a la negrura más total. Tomás, linterna en mano, empieza a bajar los peldaños con sumo cuidado porque la oscuridad siempre le ha hecho dudar, siempre le desorienta. Recordó entonces aquellas veces, cuando era pequeño y se despertaba en mitad de la noche y, sin saber muy bien por qué, puede que buscando el cuarto y el consuelo de sus padres o tal vez para probarse a sí mismo, se levantaba y se perdía en aquella habitación oscura de su infancia. Eso, de pequeño, le producía una mezcla de emoción y de miedo que nacía del centro mismo de sus vísceras, una sensación que le hacía demorar el encuentro con el interruptor, para jugar con ese temor que, al instante siguiente le arrojaba a la búsqueda del interruptor de la luz. Cuando lo alcanzaba, ¡qué alivio! Pero, en ocasiones, no lograba tocarlo y entonces notaba como el terror iba subiendo desde su vientre hacia arriba, hacia arriba, hasta atenazarle la garganta con sus manos viscosas y se le subía a la cabeza para desordenarle todos sus pensamientos y el niño acababa por perderse en su propia habitación. *Aquí también habrá un interruptor, seguro*. Y lo hay, pero no se decide a encenderlo por miedo a que la luz pueda ser vista por alguna rendija bajo la puerta, o a través de la diminuta ventana con barrotes y mosquitera que se abría casi a ras de suelo en la pared que daba al jardín.

Se dirige sin dudarlo a las estanterías atestadas de libros, papeles amarillentos y legajos llenos de polvo... *A ver, Hs, sí, esto es Historia, Ph, Filosofía... tiene que estar antes, claro, La de Literatura... ¡Ay!* Tomás tropieza con el canto de una silla, se frota el muslo dolorido y sigue su inspección sin detenerse... *La-23, autor Ryan Smith, La-24, no está, La-25... no está, La-26, autor William Lodge, La-27... ¡falta! ¡Eso es lo que significa la anotación del profesor!...* Tomás rebusca en su mochila. *¿Dónde llevo la fotocopia del plano?*

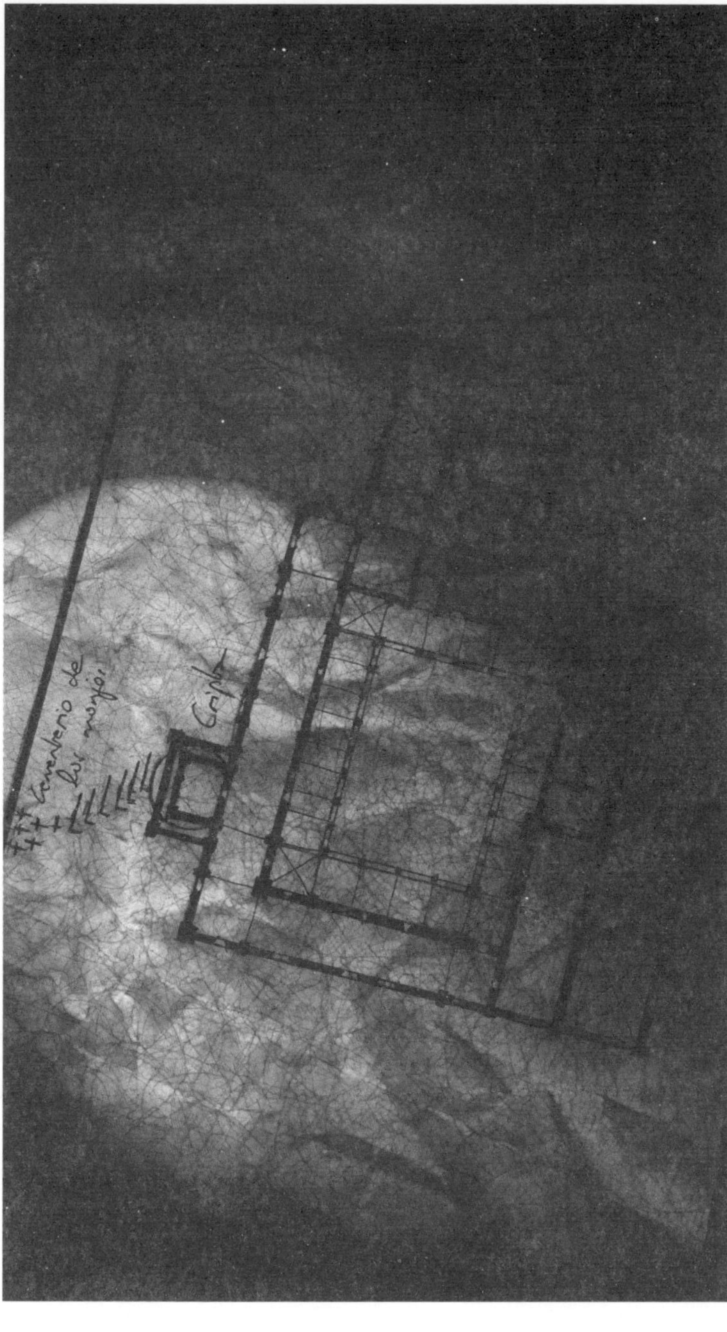
Cementerio de los monjes
Cripta

Capítulo VIII

Madrugada del domingo 28. El encuentro.

—¡Desde luego que me preocupa no tener noticias suyas! ¿Por qué no ha llamado?

Luisa está sentada junto al teléfono en el sofá del salón de su casa, se levanta, se sienta otra vez, se frota las manos con gesto nervioso y luego se alisa las arrugas de los pantalones.

—Voy a intentarlo de nuevo con su móvil.

Marca los números con dedos presurosos, pero es inútil; no hay cobertura. Se levanta otra vez.

—Oye, Luisa, ¿no estás exagerando un poco con todo este asunto?

Carlos, sentado en el sillón de enfrente, observa su ir y venir.

—¿Exagerar? —pregunta ella distraída—. ¿Tú crees que exagero?

—Pareces creer que entre ese chico y tú vais a resolver un caso que ni siquiera la policía tiene claro.

Luisa le mira por unos instantes, como valorando si responderle o no hacerlo. Decide callar. Sigue escuchando a través del auricular una voz mecánica que le avisa de que puede dejar su mensaje en el buzón de voz.

—Ahora ya es muy tarde, no nos abrirían la puerta del convento, pero en cuanto amanezca te digo que cojo el coche y me voy para allá. Tengo que verle para quedarme tranquila... No quiero ni imaginarme que le pueda haber ocurrido algo... Quizás todo este asunto sea más turbio de lo que nos imaginamos en un principio.

—Iré contigo... ¿Quién llamó antes? Si no era Tomás, ¿con quién hablabas de todo esto?

—Luis Docampo, el de la Facultad, ya sabes.

—¿Tu antiguo novio?

Luisa arquea las cejas, la cabeza ligeramente doblada en un gesto silencioso.

—Sí, Luis mi-antiguo-novio. Para interesarse por la suerte de Arsenio, por las averiguaciones que se habían llevado a cabo. Está... pues como estamos todos, muy preocupado por el profesor.

—¡Cuánta amabilidad por su parte!

—Carlos, dejemos a Luis tranquilo, aquello pasó hace muchos años.

—Me bastó verle y oírle en un par de ocasiones para darme cuenta de que era un "jeta", un aprovechado. Querrá saber pronto si el profesor la ha palmado y deja su plaza vacante.

—¡Bueno, es increíble lo que pueden hacer los celos!

—Te equivocas de parte a parte, compañera, no son celos.

—Arsenio le aprecia de verdad —Luisa habla como para sí, la mirada perdida en algún punto del pasado—. Fue su alumno favorito, y es que tenía, y tiene, una inteligencia brillante.

—¡A ver si los celos van a estar en otra parte!

—Luis es su preferido en el Departamento —continúa ella—. Prácticamente se ha convertido en el ayudante personal de Arsenio, su mano derecha en todo tipo de trabajos e investigaciones. Su carrera está más que consolidada en la Facultad.

—Arsenio Sivane tenía a alguien más que le ayudaba en Fontsanta, ¿no me comentaste eso? Con los programas informáticos.

—Eso me dijo Tomás.

Carlos se queda pensativo. Sentado en el sofá frente a Luisa, con las piernas completamente estiradas, los brazos cruzados, la mirada perdida en algún lugar de la alfombra.

—¡Esto es grave, Luisa... mucho más de lo que parece! —Carlos se levanta de su asiento—. Y ahora estoy hablando en serio. Es cierto que tenemos que ir al convento en cuanto amanezca, yo te acompaño.

La una y veintitrés... se me va el tiempo. Tomás le da vueltas al plano... *Tendría que ser aquí...* Se llega hasta el muro frente a las escaleras de bajada y comienza a rozar delicadamente con las yemas de los dedos los bordes de los sillares del muro, *pero no se nota nada*, sus dedos tropiezan con los bordes de una estantería. *¿Y ahora, qué? ¿Me pongo a sacar todos los libros de los estantes? Pueden ser varios cientos, así calculados a ojo... vamos a ver.* Tomás, coge otra vez el plano, *la apertura no está en cualquier parte de la pared... mira a ver, hombre, que con las prisas te olvidas de lo más importante... sí, efectivamente... es hacia el lado izquierdo de la pared... sacaré entonces los libros de esa parte, para empezar... y a ver si hay suerte.*

En aquel libro de arquitectura monástica que había consultado en la biblioteca la mañana anterior, le había dado tiempo a leer los mismos comentarios que le había escuchado a Clara:

"La abadía de Fontsanta se terminó de construir a principios del siglo XIV, en estilo románico tardío, pero en realidad fue edificada sobre unas construcciones muy anteriores. Se conservan todavía algunas de las criptas originales, que los eremitas usaron como lugares de culto. Posteriormente esas criptas pasaron a emplearse como lugar de enterramiento de los primeros monjes y también como mazmorras".

Tomás se ha pasado toda la tarde comparando los planos actuales con los antiguos. Los conoce bastante bien.

De repente, interrumpe su lectura y levanta, alarmado, la cabeza. Le ha parecido escuchar un ruido.

Sólo hay silencio a su alrededor.

Sigue leyendo a la luz de su linterna.

"Se sitúan en el ala sureste... *¿El qué? ¡Ah, sí, las criptas, claro!* Soterradas bajo el espacio que ahora ocupa la biblioteca y su sótano, se alargan probablemente bajo tierra para acabar bajo el antiguo cementerio de los monjes que hoy en día está integrado en el jardín interior de la abadía. Así pues el monasterio de Fontsanta encierra tesoros de muy diferentes clases; artísticos, históricos, religiosos y puede que... algún misterio por descubrir".

Efectivamente, ahí está, justo en el lugar que indicaba el plano. Tras quitar algunos volúmenes y legajos, aparece ante su vista... una puerta tan vieja que el color grisáceo de la madera se confunde con la piedra granítica. Enseguida se da cuenta de que no va a resultar tan fácil mover la estantería. Se ve obligado a sacar más libros para aligerar peso, y durante toda aquella maniobra realizada casi a tientas, a la luz escasa de la linterna, varios fajos de papeles caen al suelo, produciendo un desordenado estruendo. *Voy a acabar despertando a toda la comunidad.* Finalmente logra mover la estantería y deslizarse por entre los cuarenta centímetros de hueco, esperando que la puerta se abra hacia dentro, como solía ocurrir antaño, si no fuese así, tendría que volver a mover la estantería para dejar más espacio. Empuja la puerta, que apenas se mueve, empuja una vez más, con fuerza; la puerta sigue en su lugar, atascada por la humedad que ha hinchado la madera y por la mugre acumulada entre el marco y la hoja en los muchos años que llevará cerrada. Al tercer empujón, cede un tanto, dejando una rendija a través de la que sale una oscuridad espesa como una sustancia gelatinosa que alargase sus tentáculos viscosos para atraparle.

Antes de decidirse a cruzar aquel umbral, mira instintivamente al ventanuco enrejado por el que entra una luz grisácea, por un instante cree ver la sombra... tal vez un animal, un gato. Imaginaciones suyas, porque la oscuridad que entra por el ventanuco es casi tan densa como la del interior del cuartucho.

Luego se vuelve para enfrentar esa tenebrosidad que le espera quieta como una amenaza. El aire es pesado y desagradable y huele a tierra podrida y a humedad. Y a algo más, un hedor acre que flota a rachas en el aire quieto. Tomás enfoca el haz de su linterna hacia los muros de piedra, la bóveda de cañón, baja sobre su cabeza. El recinto medirá unos cuatro o cinco metros cuadrados, a lo sumo. Del suelo rezuma líquido espeso y algunas de las losas de pizarra están cubiertas de un moho filamentoso y raquítico y de líquenes, blanquecinos a causa de la falta de luz.

—¡Uuuffff! ¡Qué peste!

El olor, ácido y picante al mismo tiempo, se pega al interior de la nariz. Lo primero que ilumina el haz de su linterna es una hornacina, una cavidad labrada en el muro, en forma de arco como de un metro de altura y medio metro de ancho. En aquel espacio debió de haber alguna vez una escultura o algún tipo de objeto decorativo, pero ahora está vacío. Bordeando la hornacina y cruzando los muros a media altura, discurre un friso con dibujos de vegetales y aves domésticas: perdices, faisanes, gallinas, en hermosos colores azules, rojizos, verdes y marrones. Tanto los motivos como las formas y tonos terrosos y mates son los empleados en la decoración romana. "Una ornamentación sencilla, que toma elementos de la vida cotidiana, doméstica, para invitar al sosiego del espíritu y al recogimiento", recuerda Tomás haber leído en el texto. *Estoy ahora mismo en la cripta original construida por los primeros eremitas*. Cuando se acerca al friso con intención de apreciarlo mejor, tropieza con algún objeto que produce un sonido pesado y metálico. Enfoca su escaso haz amarillento en esa dirección e ilumina una argolla de hierro herrumbroso, grande como el puño de un hombre. ¿Para qué una argolla en medio del suelo? Sobresale de una gran losa de piedra, cuyos bordes, observa Tomás, no aparecen sellados por la humedad, el musgo y los líquenes. Por el contrario, están limpios. Tira con fuerza de la anilla, pero la piedra es muy pesada y no se puede mover con una sola mano. Dobla cuidadosamente el plano, lo introduce en su mochila, deja la linternita en el suelo y prueba a tirar de nuevo, esta vez con las dos manos y haciendo palanca con los pies en el suelo... Parece que algo se ha movido, otro intento y consigue desplazarla varios centímetros. *No voy a poder moverla yo solo... puede que sea el osario de los antiguos ermitaños*. Se echa en el suelo, boca abajo, con su cara pegando a la rendija que acaba de abrir y la linterna apuntando hacia el subterráneo. *¡Vaya hedor sale de ahí dentro! ¡Puafff, un olor apestoso, a podrido o a excrementos...! ¿Pasarán por debajo las alcantarillas del monasterio?* Sigue paseando su haz de luz de aquí para allá, casi jugando, hasta que se detiene incrédulo sobre un punto allá en el suelo ¡No puede ser! Da varias pasadas con el haz de luz, despacio, barriendo el suelo... ¡Es imposible! La luz choca con una oscuridad densa y arrugada... y algo más; lo que Tomás está viendo le hiela la sangre en las venas; allí abajo, el brillo roto en la montura de concha de unas gafas algo anticuadas.

La búsqueda ha terminado.

—¡Qué sorpresa! ¿No es cierto?

Tomás se levanta de un salto y su cuerpo, todo su cuerpo alerta y en tensión, gira hacia la voz que le habla. Una voz ronca y sofocada.

—No podías dejar todo el asunto, era superior a ti el mantenerte alejado de esto, ¿verdad? Tenías que saber, descubrir la verdad, tu espíritu curioso no puede descansar nunca ¿verdad? Es una lástima.

Habla esa voz, pero Tomás no puede ver más que una figura alta, vestida por un hábito oscuro con la cabeza cubierta con la capucha marrón.

—Ahora lamentarás haber llegado tan lejos que ya no puedas regresar. A mí me pasó exactamente lo mismo. No lo busqué... fue algo extrañamente rodado... cómo vinieron los acontecimientos.

—¿Quién eres? ¿Qué quieres? —pregunta Tomás a la sombra que bloquea la entrada a la cripta. Respira profundamente pero a pesar de ello siente ese pánico creciente que empieza a subir desde el centro de sus vísceras...

Salen de la ciudad envuelta aún por completo en las sombras y el sueño. La luz invernal de un nuevo día asoma afilada y fría por el horizonte mientras Luisa conduce su coche en dirección hacia el monasterio de Fontsanta. A su lado, un taciturno Carlos mira el paisaje en la distancia. Viajan en silencio tenso, roto por breves comentarios.

—No nos abrirán hasta las ocho, como muy pronto.

—¿Probamos a llamar al convento? Lo digo por si hubiese algún monje ya levantado, tienen fama de ser muy madrugadores; se levantan al amanecer, si no antes.

—Inténtalo tú, haz el favor, el móvil está en mi bolso, busca en la agenda y allí encontrarás el número. Mira en la parte de atrás, tengo también el número del despacho del abad.

Nadie responde al otro lado de la línea. Carlos se arrebuja en su chaquetón de paño y Luisa sube la calefacción. Fuera hace frío y llovizna. Apenas se cruzan con un par de coches durante todo el recorrido. No tardan en recorrer los treinta y pico kilómetros de distancia, pero a ellos se les hace larguísimo. Con las primeras luces del alba llegan a la explanada vacía y abierta de uno de los lados del monasterio y aparcan allí su vehículo. Luego se bajan del coche y Carlos se queda unos instantes observando los muros.

—Llamaremos, hay que entrar.

—Nunca imaginaste que tu aventura acabaría así, ¿no es cierto? Jajajaja... —pero era una risa amarga la que salía de aquella garganta—. ¡Tomás, querido Tomás, el que siempre busca la verdad!

—"¡Tomás, el buscador!"... ¡Eres tú, entonces! ¡Así que fuiste tú! —Tomás mueve la cabeza con incredulidad—. Pero, ¿por qué? Ese hombre... era tu profesor, te ayudó en tu carrera. Porque es Arsenio Sivane quién está ahí abajo, ¿verdad?

—No tenemos tiempo ahora para motivos y confesiones —Luis se ha quitado la capucha—. Sólo puedo decir que yo nunca tuve intención de llegar a esto —desvía la mirada en un gesto de fastidio e impotencia—. Las cosas a veces toman un rumbo extraño, inesperado.

Ahora ya no mira a Tomás, parece estar explicándose algo a sí mismo, casi en un murmullo.

—¿Está muerto?

—Supongo que no, las personas aguantan más de lo que parece.

—Entonces aún queda una esperanza —Tomás se vuelve hacia la losa con la argolla.

—No estará vivo por mucho tiempo —la voz de Luis ha vuelto a recobrar el tono frío y tenso.

—¿Qué quieres decir? —el muchacho busca ganar tiempo como sea mientras los pensamientos giran en su cabeza a toda velocidad, buscando una salida.

—Muy sencillo, tú acabarás la tarea que yo comencé ¿no suele ocurrir eso entre profesor y alumno aventajado? —pregunta con sarcasmo—. Mira, Tomás, si yo ahora, al saber que tú conoces mi secreto, te matase a ti también, tendría un nuevo problema, ¿me comprendes? Otro desaparecido complicaría increíblemente las cosas... —se acerca a su alumno mientras le habla—. Te voy a convertir en mi cómplice, y lo haré obligándote a matar tú mismo al profesor. Vas a bajar a ese agujero y seguirás mis instrucciones. Luego volveremos a colocar la losa, esta vez para siempre y los dos saldremos de aquí, tú te quedarás un día más en el monasterio... como tenías pensado y yo me iré. Empezará una nueva etapa en la que compartiremos un secreto, una historia que nos unirá para toda la vida y yo te ayudaré, Tomás, podrás hacer carrera a mi lado.

—¿Qué? ¡Tú debes de estar mal de la cabeza... has perdido el juicio por lo que parece..., no haré semejante barbaridad!

—No, claro, ahora lo ves como una locura... tu juventud... este escenario tenebroso —la figura se le acerca amenazadora, algo brilla en su mano con un reflejo de metal—. Piensa fríamente que si te niegas, me obligarás a... tendrás que elegir entre tu vida y la suya.

—Pero, ¿no te das cuenta de que antes o después se abrirá esta capilla y se comenzará a excavar e investigar...?

—Yo me encargaré de que no sea así. ¿Sabías que la policía sospecha que el profesor lleva tiempo robando los manuscritos y que ése el motivo de su misteriosa desaparición?... Conozco al abad de Fontsanta, soy el discípulo predilecto de Sivane, conseguiré que me nombren nuevo asesor de la abadía en sus ambiciosos proyectos de crear un gran espacio cultural, y les convenceré para que esperen un tiempo hasta que se catalogue todo el material que tenemos arriba, todo eso puede llevar muchos meses... antes habremos trasladado, tú y yo, los restos de... a un lugar más apropiado.

Tomás tenía una sensación de vértigo, de irrealidad, que le mareaba. Le parecía estar inmerso en una pesadilla.

—Pero… ¿por qué todo esto? Un secuestro…

Tenía que hacer un esfuerzo para hablar, notaba la garganta seca y angustiosamente cerrada.

—Ya que vas a ser mi cómplice, Tomás, te explicaré algún detalle de lo ocurrido. Ya te dije antes que nunca pensé que el asunto llegaría tan lejos. Todo empezó cuando Arsenio descubrió un tesoro en este almacén, un tesoro en forma de libros, me refiero… manuscritos valiosísimos, incunables hundidos bajo capas de legajos y de polvo de siglos que darían un giro a los estudios que sobre literatura del Camino se conocían. Puesto que confiaba plenamente en mí, me hizo partícipe del inesperado descubrimiento. Me pidió ayuda con los programas informáticos que necesitaba para el trabajo y yo acepté a ayudarle en la tarea de investigar y clasificar que le había encargado el monasterio. Cuando llegamos al almacén y me mostró tan sólo una parte del material, me quedé estupefacto: su valor era mucho mayor de lo que había supuesto, en todos los aspectos: económico, histórico… El viejo profesor estaba entusiasmando con su hallazgo. Le convencí de que, de momento, hasta tener las cosas algo ordenadas y clasificadas, no era conveniente lanzar las campanas al vuelo… ya habría tiempo de anunciarlo a bombo y platillo a los monjes y a la Universidad. Me mantuve en un segundo plano y me guardé muy bien de darme a conocer a los monjes o de que me vieran demasiado; siempre entraba de forma muy discreta. Comencé a robar volúmenes, poco a poco y los vendía en el mercado negro de antigüedades y tesoros bibliográficos. Tengo mis contactos, ¿sabes? Hay que tener amigos hasta en el infierno. Lamentablemente llegó un momento en que la policía se enteró de que un material muy valioso se estaba vendiendo de forma ilegal en el mercado negro. ¡Se mueven millones, aunque parezca increíble! Casi al mismo tiempo Arsenio reparó también en la falta de ciertos libros y manuscritos y empezó a inquietarse y a sospechar de mí. El sábado pasado tuvimos una discusión espantosa en su habitación y yo me fui del convento esa misma tarde. Por la noche regresé aquí. Tenía una llave, ¿que cómo la conseguí? Bueno, ya te dije que hay que hacer amigos en todas partes. Subí a la habitación de Arsenio y le convencí de que bajásemos a la biblioteca —suspira como con impaciencia—, él tenía llaves de la puerta y del almacén. Le dije que allí le explicaría todo y aceptó a regañadientes. Una vez en el cuartucho, le dormí con una sustancia tóxica que traía preparada, le amordacé y até las manos a la espalda. Abrí la puerta oculta en el muro, yo sabía perfectamente de su existencia, el mismo profesor me había mostrado esa parte de la cripta. Con un hierro que había traído a propósito, abrí la losa y lo arrojamos dentro.

—¿Lo arrojamos… quienes?

Luis ignora la pregunta.

—Y volví a colocar la losa. Un acto muy cruel, pensarás, pero ya te he dicho que nunca tuve intención de…

—Es curioso como todos los asesinos necesitan dar explicaciones.

Tomás intenta pensar a toda velocidad en alguna salida, pero no puede, es como si su cerebro estuviese atascado.

—Claro... a sí mismos tanto como a los demás, ya sabes, la búsqueda de un sentido para nuestras acciones. Verás como tú mismo las encuentras igualmente cuando todo esto acabe, y tendrás que inventarte algunas muy buenas, porque estás a punto de convertirte en asesino. Para terminar; cerré todo de nuevo, subí a su habitación, recogí sus cosas, bajé en la oscuridad y firmé en el libro de registro imitando su firma, la conocía de memoria y no tuve ningún problema en hacerlo.

—¡Lástima que no te fijaras en que el profesor siempre firma con su pluma de tinta azul, tú firmaste con bolígrafo negro!

—Realmente muy observador, Tomás, seguro que haces carrera... a mi lado, como un buen discípulo, ya lo hemos hablado, ¿verdad?

—¿Qué ocurrió después? Puedes acabar de contármelo todo puesto que no habrá secretos entre nosotros.

—Después fui al patio, abrí el portón con sumo cuidado, arranqué su coche y me lo llevé. Ahí me arriesgué mucho, cualquiera podría haberme visto. Volví a entrar, cerré el portón de nuevo por dentro y abandoné el edificio por la parte de la hospedería, con la llave copiada. Me fui en su coche y lo aparqué a las afueras. Regresé en el tren que pasa por el pueblo de al lado y me acerqué al monasterio caminando, como un peregrino cualquiera, ¿quién se iba a fijar en mí? Era uno más. Recogí mi coche y regresé a Santiago ese mismo domingo por la tarde. Una vez allí, me dirigí a la Facultad, entré en su despacho y lo registré en busca de alguna pista que pudiese delatarme, no me molesté en disimular el registro, quería que lo encontrasen desordenado. Más tarde trasladé el coche de Arsenio hasta su calle, entré en su casa, sí, tengo una llave, la que guarda Arsenio en su despacho, es despistado y le gusta tener un duplicado. Al igual que hice en el despacho, la dejé revuelta a propósito, fingiendo una marcha precipitada, lo cual reforzaría las sospechas de la policía. Así mataba dos pájaros de un tiro, arrojaba las sospechas sobre él y, por otro lado, me libraba del único testigo que podría acusarme.

—¡Qué absurdo! ¡Qué absurdo y qué estúpido! ¿Acaso necesitabas tú de todo este...? Tienes tu puesto en la Facultad, un buen trabajo, reconocimiento y...

—No empieces con moralinas, Tomás, por favor; no las soporto... un puesto... en fin, no sé explicarlo claramente, me fui metiendo en ese lío, sin más, hace tiempo conocí a personas que se dedicaban a ese negocio y me fui metiendo... quizás me atrajo el riesgo, romper la monotonía, el dinero... me aburría, ¡yo que sé! ¡Malas ideas, demonios que se apoderan de uno!

—¡Y Mara, tú la has metido en todo este asunto infernal! Ella... ella se enamoró de ti, ¿no es cierto? La alumna que se fascina por el profesor maduro, atractivo... ¡Qué fácil! ¿No?

—Ella no sabe la verdad de lo ocurrido. Ahora mismo está asustada. Yo fui quien le pedí que te llamase la otra tarde para sonsacarte lo que hubieses podido averiguar.

Me había enterado por Luisa que estabas en el monasterio y no me gustaba que pudieses meter las narices donde nadie te llamaba… Te subestimé, lo reconozco, ni por un momento pensé seriamente que fueses a descubrir el asunto. Ahora bien, saber que tenías en tus manos una clave fundamental, aunque aún no lo sabías, como era la reseña del libro de Robert Crayk, me alarmó. En fin… Mara… Y tú tampoco le dirás nada porque ahora vas a acabar lo que yo empecé… como todo alumno aplicado… continuarás mi obra…

Daba pánico ver aquella cólera fría en sus ojos. Tomás apenas podía reconocer a su antiguo profesor en aquel hombre. Se le veía dispuesto a hacer cualquier cosa.

—¡No, no lo haré!

Se lanzó sobre Luis, pero éste logró evitar el choque frontal, giró ágilmente sobre sí mismo y lanzó un manotazo a la cara de Tomás, que apenas lo pudo esquivar con el brazo derecho. De todas formas el impacto lo desestabilizó, perdió el equilibrio y soltó la pequeña linterna que cayó al suelo, apagándose. Luis se lanzó a subir los escalones que le separaban de la puerta. La alcanzó rapidísimo, cerró de un golpe seco tras él y la bloqueó con el pasador externo, dejando a Tomás encerrado en la cripta.

—Eres un estúpido —gritaba Docampo entre jadeos—, un estúpido que quiere echarlo todo a perder, pero no lo vas a conseguir… ¿Crees que no venía preparado por si ocurría esto? Nunca me ha gustado improvisar en asuntos importantes.

Sacó una botella de entre sus ropas, vertió el líquido ante la puerta cerrada, sobre los libros, por encima de la mesa...

—Morirás de una forma espantosa... y el profesor también... y los libros se irán al infierno con vosotros.

Luis hablaba con frases entrecortadas, sus movimientos eran rápidos, estaba enloquecido, el pelo revuelto alrededor de la cara encendida, los ojos centelleantes. Frenético, encendió un mechero con gestos rápidos y nerviosos y el fuego se elevó en grandes llamaradas entre los dos.

—¡Tú lo has querido así! ¡Pues así lo tendrás!

Tomás golpea la puerta, aterrorizado. Ha pasado lo peor que podía ocurrir... nota que el humo comienza ya a deslizarse insidioso y mortal por las rendijas. Encerrado en la más negra oscuridad le fallan las fuerzas, como en un mal sueño, siente la tentación de dormir, de desvanecerse y caer en la oscuridad para salir de la pesadilla.

¡No es un sueño, Tomás!

Suena una voz imperiosa en algún lugar.

¡Levántate, no puedes descansar ahora, aún no! Recuerda, Tomás, recuerda el plano...

¡El plano! Busca a tientas por el suelo la linternita; cuando la encuentra, emite un rayo muy débil... sí... Había una salida oculta que comunicaba con el exterior, pero ¿dónde, dónde era? Saca el plano con manos temblorosas, los dedos nerviosos no atinan a desdoblarlo y rompen parte del papel, ¡pero aún sirve, aún sirve!... apenas se ve ya a la moribunda luz de la linterna. ¡A través de la hornacina, claro! La vía secreta partía de ese lugar y llevaba, a través de un pequeño pasadizo, al cementerio de los monjes. Y Tomás emprende una loca carrera contra su muerte, a trompicones, cayéndose y rodando, de vuelta al corredor, de nuevo en la cripta, en una oscuridad que empieza a llenarse de humo y, a tientas, como cuando era un chiquillo, pero esta vez no busca un interruptor de la luz, ni está jugando con el miedo en la segura habitación de su casa, sino que lucha por salir de lo que puede ser su propia tumba. Hay que respirar, respirar mientras se pueda, antes de que el humo lo invada todo. Tomás no sabe ni cómo alcanza la hornacina. *Empuja, por lo que más quieras, empuja,* se dice a sí mismo, y la piedra se mueve unos centímetros, una pequeña hendidura por la que caben sus dedos, *un poco más, empuja...* por fin consigue desplazarla lo suficiente como para pasar por el hueco. En la oscuridad, se deja guiar por las paredes estrechas, la mandíbula apretada, resoplando por el aire rancio; pánico, desesperación y humo que le irrita los ojos y hace que las lágrimas resbalen por sus mejillas. *Sigue Tomás, no flojees ahora, no te detengas... sigue, sigue... un poco más, arriba, tiene que acabar en el cementerio de los monjes...* efectivamente, por una estrecha rendija se filtra una palidez inconfundible, es la luz del día... y Tomás empuja con todas sus fuerzas, empuja y empuja con una fuerza desesperada que nunca imaginó tener, hasta separar la losa y salir al aire libre, a la luz, respirar a pleno pulmón.

Tomás se apoya en el muro, tambaleándose en la escasa claridad de un alba invernal y fría.

—¡Tomás, estás aquí... estás vivo, qué alegría tan grande!

Unos brazos le sujetan, unas manos le agarran por la ropa y alguien habla:

—Soy yo, Elías, estamos aquí, estamos aquí... tranquilo, ¿eh? Estás a salvo.

Le sienta sobre una de las losas de piedra del cementerio de los monjes.

—¡No podemos perder tiempo!

Tomás se levanta de un salto.

—¡Las campanas, que toquen las campanas! ¡Despierta a los monjes! ¡Arriba todo el mundo! ¡Hay fuego en el almacén de los libros! —grita—. El profesor... Tenemos que sacarlo, está en una especie de tumba... puede que todavía vivo, pero no podrá aguantar mucho más.

Las campanas de la iglesia doblan, vuelan llamando a todos los habitantes del convento: ¡fuego, fuego! El monasterio se ha convertido en un ir y venir de monjes y huéspedes pertrechados de extintores, cubos, mangueras, mantas... gritos, órdenes y una actividad febril en el patio. Entre la gente, Fernando, el abad, dirige las tareas, y a su lado, Luisa.

—¡Elías, un pañuelo, necesitamos pañuelos! —Tomás habla a gritos, muy alterado.

—¿Para qué lo quieres? No llevo ninguno.

—Las camisetas servirán, date prisa, vamos a empapar las camisetas en agua. Tenemos que bajar, ésta es ahora la única salida... el archivo de los manuscritos estará en llamas.

—Tomás, estás tambaleándote —su amigo le sujeta por los brazos—. Déjalo, por favor... ya buscaré yo a alguien que me ayude, tú quédate aquí.

—No, Elías, déjame —rechaza el brazo del novicio—. Se quita el jersey, luego la camiseta y corre a empaparla en uno de los cubos que alguien transporta.

—Está bien,... venga, vamos a bajar. Te sigo.

—Elías se quita el hábito, y su camiseta que empapa en el agua.

—Tiene que ser todo muy rápido Elías. Sincronicémonos, como en un equipo, ¿de acuerdo?

Los dos amigos se atan las camisetas empapadas por detrás de la cabeza, como si fueran pasamontañas sobre la boca y la nariz, para poder respirar Esta vez el viaje es muy distinto; al estar la salida abierta, la luz del exterior ilumina al menos el primer tramo de pasadizo y llega, muy disminuida, pero llega, hasta la hornacina abierta. El humo se ha apoderado de todo el espacio. Tomás hace señas a su compañero para que le ayude a tirar de la argolla. Entre los dos pronto arrastran la losa a un lado. Baja rápido y mueve el cuerpo pesado e inmóvil de Arsenio Sivane, es costoso desplazar ese peso inerte. Con gran esfuerzo, logra enderezarlo y lo empuja trabajosamente a la vez que Elías tira de él hacia arriba... a pesar de que ambos son jóvenes y fuertes, les resulta complicado mover un cuerpo tan corpulento y pesado. Toses y gruñidos, apenas se ve algo con todo aquel humo gris metiéndose por los ojos. De pronto, Tomás nota que el cuerpo asciende fácilmente. Se queda solo en la oscuridad, siente que le empiezan a fallar las fuerzas... cansado, muy cansado; es tan fácil y tan suave dejarse adormecer...

¡Tomás, no te duermas ahora! Sigue. Sal de esta pesadilla.

Una mano se aferra a su antebrazo extendido ¡Agárrate, muchacho! Sube, arriba, ¡venga! Se ve que alguien ha bajado para ayudarles... Deprisa, no podemos aguantar aquí... por fin avanza el grupo hacia arriba moviendo, arrastrando el cuerpo del profesor como pueden, empujando, tirando de él. Justo al llegar a la salida, varias manos les cogen, les agarran, les alzan... Por fin el aire y la luz... y las lágrimas en los ojos de Luisa, la cara sofocada de Carlos, porque ha sido él el que ha bajado a ayudarles, las mandíbulas contraídas del abad, los ojos desorbitados en los rostros de los monjes, la mueca de miedo en la cara de los huéspedes, el gato que se frota contra sus piernas, alguien se inclina para hacerle la respiración boca a boca al profesor, un masaje cardíaco... el corazón bombea a toda velocidad y Clara... Clara... que se acerca y le abraza mientras todo gira y gira en torno a Tomás como una película a cámara lenta, sin sonido, sin relieve... y a un lado, vestido con el hábito, pálido, cabizbajo, custodiado por dos mojes, está él... Luis. A Tomás le sorprende encontrarle agachado bajo aquel hábito marrón que cuelga sobre un cuerpo más delgado y pequeño de lo que Tomás recuerda, como si hubiese menguado de repente..., él era el monje que hacía el número dieciocho.

Capítulo IX

Domingo 28 de febrero.

A mediodía del domingo, Tomás, Clara y Elías, junto con Luisa, Carlos y los dos inspectores de policía, ocupan las sillas y sillones en el despacho del abad de Fontsanta, le esperan. Agotados y todavía espantados ante todos los acontecimientos ocurridos en el monasterio, miran ensimismados hacia fuera de la ventana, otros al suelo, a las paredes o los libros en las estanterías, beben infusión caliente, manzanilla y tila, que acaba de traer un hermano, pero nadie prueba los bizcochos de chocolate que acompañaban a la bebida.

No tienen que esperar mucho rato, enseguida el abad de Fontsanta abre la puerta. Su figura ha recobrado la gallardía de antaño, y tan sólo se percibe un rastro de cansancio en su rostro.

—Buenas tardes tengan ustedes.

—Buenas tardes, hermano.

Toma asiento en su silla de despacho frente a su audiencia.

—Les comunico —comienza sin rodeos—, que lo que el hermano Tarsilio me ha contado pertenece al secreto de confesión. Las palabras pronunciadas en su lecho de moribundo permanecerán para siempre entre Dios y nosotros dos.

—Desde luego —el inspector carraspea para aclararse la voz—, desde luego, no tenemos intención alguna de interrogarle a usted o a él. De cualquier forma su participación en este —carraspea de nuevo— delicado y triste asunto está bastante aclarada ya —lee unas notas en su libreta—. El profesor Luis Docampo convenció al hermano Tarsilio para que le proporcionase las llaves que necesitaba y luego le obligó, bajo amenazas de contárselo todo al abad, a encerrar a Don Arsenio Sivane en la cripta. El anciano monje se vio envuelto en una trama que empezó siendo grave pero no mortal y, sin apenas darse cuenta, acabó siendo cómplice de secuestro. No supo cómo salir de semejante embrollo y acabó por sufrir un ataque al corazón momentos antes de prestar declaración ante la policía.

—Lo único y último que diré, como explicación del comportamiento de un hombre que ya no podrá defenderse ante sus semejantes —la voz del abad es grave pero de ninguna manera tensa—, es que lo que el hermano Tarsilio hizo, lo hizo por un amor enorme hacia Fontsanta.

Todos los ojos están fijos en la figura del abad.

—Por el inmenso amor a la abadía en la que él ha vivido desde que tenía más o menos la edad de estos jóvenes aquí presentes.

Señala a Tomás y a Elías, que tiene los ojos llenos de lágrimas.

—Nuestro querido hermano sentía que un tiempo se acababa, el tiempo que él había conocido y vivido y temía que, con la modernidad, Fontsanta acabara por convertirse en algo muy ajeno a la vida religiosa para lo que fue construido; en un museo o, peor aún, un hotel de lujo en el que los monjes y su vida espiritual no tendrían cabida ya. Llevado por esa preocupación, cedió a los argumentos manipuladores de Luis Docampo, quien le aseguraba que si no se encontraban documentos valiosos en la abadía, tan sólo algunos estudiosos y algún grupo de turistas de vez en cuando, se interesarían por visitar unas viejas piedras y que tampoco se crearían ni páginas en Internet ni todas esas cosas que el anciano ya no entendía.

—¿Cómo se encuentra ahora el hermano Tarsilio?

—Mal, el médico no cree que pueda pasar de esta noche. Pero su ánimo está entero y muy tranquilo después de la confesión. Descansa acompañado por los cuidados y el afecto de sus hermanos. Como última voluntad me ha dictado una carta dirigida a don Arsenio Sivane en la que le expresa su sentimiento y pesar por todo lo ocurrido y ruega su perdón. Esa carta obrará en mi poder hasta que pueda hacer entrega de la misma al profesor. Al igual que su pluma estilográfica, aquella que Clara encontró en el suelo de la portería el mismo día que ustedes nos visitaron por primera vez —se dirige con un gesto a Luisa y Tomás—. La reconocí al instante como la pluma del profesor. Y me extrañó que hubiese aparecido en el suelo.

—¿Sospechó usted entonces que aquella estilográfica se le había caído al hermano Tarsilio? —pregunta el inspector.

—Nunca tuve claro si había sido a él a quien se le había caído o había sido el gato que la había arrastrado hasta allí, porque un instante antes me pareció ver que el animalito jugaba con algo brillante entre sus zarpas. Y no podría decir exactamente cómo ocurrió.

Se hace un silencio incómodo y triste en el despacho.

—Si les parece, y para terminar, haremos un repaso rápido de cómo se desarrollaron los acontecimientos —el inspector retoma un tono muy profesional—. Tomás, ¿por qué no nos dijiste lo que sospechabas cuando estuvimos aquí?

Acaso se percibe un matiz de enfado en la voz del policía.

—Bueno… entonces no tenía nada claro todavía, sólo un par de piezas del rompecabezas y no sabía qué hacer con ellas.

—Ya… tan sólo un par de piezas del rompecabezas.

El agente mira de refilón a Tomás a la vez que golpea suavemente con su bolígrafo en la libreta donde siempre toma notas.

—Una cosa me fue llevando a la otra, inspector. De todas formas no hubiese podido averiguar nada de no ser por la ayuda de varias personas —explica Tomás—. Luisa despertó mi interés por el asunto, la encontré tan preocupada, que entendí que había que hacer algo. Tenías razón Luisa, tenías mucha razón al inquietarte. Después me ayudaron mucho las explicaciones de Clara, ella me mostró el retrato de R. C. y, sin revelarme ninguna información confidencial ni traicionar la confianza que los monjes depositaran en ella, me orientó en la búsqueda del plano del monasterio primitivo. Ese plano fue fundamental, porque me dio otra visión del monasterio además de salvarme la vida. Y luego está Elías, fue un amigo y un apoyo fundamental. Además, por casualidad descubrió que Mara era la joven becaria que acompañaba al desconocido ayudante del profesor y me alertó, puesto que eso quería decir que había personas que yo conocía vinculadas a Arsenio Sivane y a Fontsanta y que por alguna razón nunca lo habían comentado. Mara me mintió al decir que se había enterado por Luisa de que yo estaba en Fontsanta, en el tiempo que yo pasé en el convento. Ellas dos nunca hablaron, lo supo por Luis, quien la incitó luego a que me llamase para, aprovechándose de nuestra amistad, sonsacarme lo que yo pudiese haber descubierto. Cuando sin sospechar nada le hablé, demasiado ingenuamente, de la clave LA- 27, Luis dedujo inmediatamente que yo estaba tras una pista fundamental y que el alumno Tomás estaba muy cerca de "descubrir la verdad".

—Le felicito Sánchez-Novoa. E igualmente le felicito a usted, hermano Elías; su actuación ha sido fundamental en este caso —comenta el inspector jefe—. Su seguimiento de Tomás, el darse cuenta de que corría peligro... Explíquenos cómo ocurrió todo, si es tan amable.

—Yo sospechaba que Tomás andaba investigando lugares y asuntos que no sabía dónde podrían conducirle. Sobre todo desde que se empeñó en tener el plano del monasterio. Me alarmó, aunque a la vez admiraba su audacia, su atrevimiento. Y lo peor fue cuando identifiqué a aquella chica en la fotografía, se quedó como ensimismado, le noté absorto, me di cuenta de que ya se había lanzado a no sé qué aventura que a mí me parecía completamente descabellada y absurda. Porque nunca, ni por un momento, sospeché que el profesor pudiera seguir aquí, no se me pasaba por la imaginación. Además, en nuestra comunidad ya empezaba a correr el rumor sobre los libros manuscritos y los incunables aparecidos en el mercado negro. ¿Y quién era Tomás realmente? No lo sabíamos, quizás fuese algún impostor o un cómplice del ladrón.

—Disculpe la interrupción, pero es una curiosidad que tengo —pregunta el inspector—. ¿Cuál es la diferencia entre manuscritos, códices e incunables?

—Manuscritos o códices son los libros que los monjes, llamados amanuenses, escribían o copiaban a mano, en latín generalmente, aunque también en lenguas romances. Los incunables son aquellos volúmenes que se imprimieron en las primeras imprentas, son por tanto posteriores al siglo XV. En ambos casos, la importancia histórica y literaria es enorme.

—Gracias, Elías, continúe con lo que nos estaba contando, por favor.

—En algún medio de comunicación más amarillista, se apuntaban ya sospechas que recaían sobre el profesor, en quien nosotros habíamos depositado nuestra confianza, e incluso sobre algún miembro de la abadía que podría ser cómplice de Arsenio. Toda la comunidad vivía los acontecimientos con gran preocupación.

—Cierto —interviene el abad—, incluso las sospechas empezaban a recaer sobre nuestro administrador, ¡que tantos años lleva con nosotros! Creo que hasta yo mismo e incluso el hermano Samuel, el bibliotecario, estábamos ya en una posición difícil. Pero, disculpa, Elías, que te haya interrumpido, sigue, por favor.

—Esa noche, al salir del servicio religioso, seguí los pasos de Tomás. En realidad ya le había seguido en alguna otra ocasión en la que anduvo por el claustro cuando las luces ya se habían apagado —ríe con cierto nerviosismo y se sonroja—, porque creía que podía meterse en un buen lío con los hermanos, con el abad, al andar por ahí, digamos... husmeando.

—¿Así que fuiste tú la sombra de aquella noche? ¡Cómo te pasaste, Elías! ¡Casi me da un ataque en medio de la oscuridad!

—Lo siento, no entendía qué andabas buscando y... Y te volví a seguir anoche. Bajé con la fila de hermanos, pero la abandoné cuando estábamos a punto de entrar en la capilla porque había visto, más bien adivinado, a Tomás en la galería, agazapado tras una columna. Sí, tengo muy buena vista. Le esperé escondido en el claustro, pero pronto me di cuenta de que había alguien más detrás de la fuente... una sombra que se deslizó detrás de Tomás, ¡y llevaba hábito! Yo no entendía nada, pero igualmente los seguí en el mayor de los sigilos. Observé cómo Tomas entraba al comedor, pasaba al patio, y le oí forzar la entrada a la biblioteca, pero yo no podía acercarme más porque otro monje se interponía entre nosotros. Me asusté, así que, aunque era tardísimo fui al locutorio y llamé a Clara para saber si ella tenía alguna idea de lo que estaba pasando y qué es lo que Tomás buscaba. Supuse que tal vez él le hubiese contado algo. Hablamos. Cuando regresé, no había nadie en la biblioteca y vagué durante un rato por el monasterio sin ver ni oír nada hasta que escuché gritos y ruidos que venían del patio. Lo que ocurrió a continuación ya lo saben todos.

—Gracias, Elías. Lo hizo usted lo que mejor pudo. Usted misma, Luisa, fue decidida y confió en sus presentimientos de que algo malo le había ocurrido al profesor desde el principio, luego tuvo dudas igualmente sobre lo que podría ocurrirle a Tomás y no vaciló en venir al monasterio. Su llegada fue también providencial.

—Cierto, confié en mi intuición y no me falló.

—Y en cuanto a usted, Carlos, permítame que le felicite; detuvo a Luis en su huida y colaboró decisivamente en el rescate del profesor.

—Luis se echó prácticamente en mis brazos cuando saltaba el muro.

Es un Carlos relajado y contento el que habla.

—Ya se empezaba a oír griterío dentro y gritos de "fuego, fuego", así que al verle aparecer, sujetando unos hábitos de fraile por encima de las rodillas, y corriendo en dirección contraria a donde sonaban los gritos, me confirmó todas las sospechas que siempre tuve sobre él y que en otros momentos no expliqué claramente para que no se me malinterpretase —mira directamente a Luisa, que le responde con una media sonrisa y una mirada burlona.

—Ayudar en el salvamento del profesor y de estos dos muchachos fue muy importante también.

—Al verlos que se metían otra vez en el pasadizo me di cuenta de que iban a buscar algo muy importante, nadie en su sano juicio regresaría a un lugar en llamas y lleno de humo; tenía que ayudarles.

—Y en cuanto a ti, Tomás, has demostrado ser perspicaz y muy perseverante; tenías una única certeza: que el profesor había sido visto por última vez en el monasterio, algunas pistas muy vagas tales como la tinta de la firma del profesor o la vaga anotación sobre la falta de un libro cuya existencia ignorabas, y sobre todo muchas dudas e inexperiencia, pero seguiste hasta el punto de arriesgar tu vida en el empeño de resolver el caso... ¡Vaya!, al parecer no te dedicas sólo a leer libros.

Tomás está pálido, despeinado... y muy tranquilo, inundado por esa tranquilidad que siente aquel que se ha enfrentado a una difícil prueba y ha podido soportarlo.

—Creo que de alguna forma me ayudó mi gemelo.

—Pero, ¿tienes tú un gemelo, acaso? —pregunta alguien asombrado ante la declaración del muchacho.

—Creíamos que eras el mediano entre dos chicas —el subinspector rebusca en su libretita de notas.

—¿Pero es que acaso quedan más sorpresas todavía?

—No, no hay ninguna sorpresa más, me refería a un hermano... literario; cosas de mi imaginación.

Tomás acaricia a Gato, que se ha colado en la habitación y está sentado a sus pies.

—Literatura, nada más y nada menos que eso.

¿Cómo explicar que tengo un gemelo que vive en el siglo XIII y habita en un monasterio del reino de Escocia y que nos comunicamos a través de los sueños?

—Pero cuéntanos algo de esa historia, ¡no vayas a dejarnos ahora con esta intriga! —exclama Luisa.

—Hubo una ocasión en el despacho del profesor —cuando fui a reclamar la nota de un trabajo— en la que Luis repitió la cantinela que se traía desde hacía tiempo conmigo: "Tomás, el que busca siempre la verdad". Arsenio Sivane puntualizó, con su acostumbrada erudición, que ese significado del nombre se lo había ido dando el uso, los diferentes personajes que lo habían llevado: Tomás el discípulo incrédulo de Jesús, que necesitaba meter el dedo en la llaga para creer en su resurrección, Tomás de Aquino, Tomás Moro, Tomás Becket, hombres de gran conocimiento. Pero en realidad Tomás era un nombre de origen arameo que significaba "el gemelo". Por eso he dicho que tengo un gemelo, no físico, sino... espiritual, que me ayudó a resolver este caso. Ese gemelo se llama Robert Crayk Newton, ¡fijaos en la curiosa coincidencia: él Newton de apellido y yo Novoa! Y es el autor de varios de los libros desaparecidos, se conoce que entendió que su obra debía y podía ya salir a la luz y que no podía dejar que sus enemigos la destruyesen definitivamente.

—Pero, ¿todo eso es cierto?, ¿cómo va a ser eso? —pregunta el inspector.

—Mi gemelo es... un juego literario, quizás producto de mi imaginación... un sueño.

Has hecho bien, Tomás. ¿Quién iba a creer la verdad de nuestra historia? El secreto quedará entre nosotros, entre dos hermanos.

—¿Qué ha ocurrido con Arsenio? —pregunta alguien.

—Está hospitalizado, en la UCI, su estado es grave tras pasar tantos días en condiciones espantosas, sin comer ni beber, sin apenas aire para respirar… No hubiese durado mucho más… En fin, aunque es un hombre mayor, posee gran fortaleza y los médicos opinan que sobrevivirá.

—¿Y Luis Docampo? —pregunta Luisa.

—Detenido, como ya pueden suponer. Ha pasado a disposición judicial y ahora es el juez el encargado de tomarle declaración y determinar el alcance de su participación en los hechos y lo que va a ocurrir con él; o bien ingresa en prisión en espera del juicio o se le deja en libertad bajo fianza hasta la fecha del mismo. Es un asunto muy feo… el secuestro primero, intento de asesinato… junto con el robo y la venta ilegal de gran cantidad de códices e incunables propiedad del monasterio. Un asunto muy delicado, no lo va a tener fácil.

Todos guardan silencio, miran cabizbajos hacia el suelo o hacia las paredes, únicamente las miradas de Tomás y Luisa se encuentran… con el asombro y la tristeza flotando en el fondo de sus pupilas.

—Bien, nosotros les dejamos ya, nuestro trabajo en este asunto ha concluido —dice el inspector.

—Inspector, ¿qué va a pasar con las obras robadas? ¿Se podrán recuperar?

—Es muy probable que recobremos la mayoría, sino todas. Hace un rato me ha llamado un compañero para decirme que en el registro realizado esta misma mañana en el apartamento del profesor Docampo, han aparecido bastantes legajos y manuscritos, seguramente material robado de la abadía. El resto lo buscaremos y le seguiremos la pista entre los comerciantes y coleccionistas de este tipo de cosas. Siempre hay chivatazos, contamos con nuestros confidentes. Tengan confianza... y paciencia. Buenas tardes a todos.

—Buenas tardes, agentes.

—Yo también tengo que marcharme —dice Tomás, levantándose—, debo arreglar el cajón de la mesa del hermano bibliotecario que despegué para hacerme con las llaves del almacén de libros. Clara, Elías... ¿venís a echarme una mano?

Domingo por la noche. En casa de Tomás.

—Entonces, Luisa, nos contarás lo que ocurrió entre vosotros tres, Luis, tú y Arsenio cuando estudiabais en la Facultad?

—Es un asunto que no tiene nada que ver con lo que ha ocurrido últimamente. En fin, son detalles muy privados y no quería comentarlos en el monasterio. No me gusta volver sobre el pasado pero parece que es necesario dar por finalizada esa parte de mi vida, y una buena manera puede ser contándola: Luis y yo fuimos novios, no amigos como se suele decir ahora, sino novios. Yo desde luego, estaba muy enamorada de él, él también de mí... de otra manera, quizás. Nos conocimos en el primer curso de la carrera, precisamente en la asignatura que entonces impartía Arsenio. Empezamos a salir juntos; fue una época en la que disfrutamos de la vida libre del estudiante: salíamos mucho, estudiábamos también, y, con el tiempo, trabamos amistad con Arsenio a raíz de que pidió ayuda a algunos estudiantes para organizar el material que necesitaba preparar de cara a su oposición de cátedra. Años después, él fue el que nos animó a que empezaramos los cursos de doctorado y que solicitásemos una beca para quedarnos a trabajar como profesores auxiliares y mientras tanto preparar nuestras respectivas tesis, todo ello con la ilusión de quedarnos en la Facultad. Entre tanto, y para mí de forma inesperada, a Luis le concedieron una beca para estudiar un curso académico en la Universidad de Cambridge. Ni siquiera me había hablado de aquella solicitud y cuando le pregunté al respecto, me respondió con evasivas, que había hablado con Arsenio, que saldrían más becas próximamente y seguro que alguna me la darían a mí... y se fue. Pasó un año en el que nuestras relaciones se enfriaron porque percibía que, de alguna manera, me había engañado con lo de la beca... Él también fue dejando de llamar. En fin, cuando regresó salió una plaza de profesor ayudante y fue para él. Su estancia en la universidad inglesa había sido determinante para que le eligieran a él y no a mí como profesor ayudante en la asignatura de Literatura Medieval Comparada.

Luisa hace un alto para beber un vaso de agua. Los demás esperan callados, expectantes; en el ambiente sigue flotando un aire de conmoción, incredulidad y sorpresa.

—Verdaderamente, desconocemos a los que tenemos más próximos —dice Luisa.

—¿Por qué Arsenio no llegó a comentar contigo la posibilidad de solicitar tú también aquella beca? —pregunta Clara.

—Fue un momento complicado en el que Arsenio se preparaba para acceder a la plaza de catedrático, lo cual le mantenía muy ocupado. Pasado el tiempo tuve la oportunidad de hablar con él y se mostró sorprendido de que yo no hubiese solicitado también a la beca en Cambridge, porque era una gran oportunidad y mi expediente era muy bueno, incluso mejor que el de Luis; Arsenio y él habían quedado en que Luis se encargaría de trasladarme la información, pero nunca lo hizo.

—¡Un joven ambicioso decidido a todo! —comenta Carlos con ironía.

—Cuando Luis regresó de Inglaterra, quedamos para vernos en la Facultad, discutimos mucho aquella tarde —Luisa mira a través de la ventana hacia las montañas azules del horizonte—. Ahí se acabó nuestra historia. Con el tiempo volvimos a hablarnos y nos hemos visto en bastantes ocasiones, en congresos y cursos, pero ha sido una relación distante.

—¿Decepcionada?

—Quizás más dolida de lo que me atrevía a reconocer ante mí misma. De todas formas, acabé la tesis, no salían plazas para la Facultad y me presenté a las oposiciones para trabajar en la enseñanza secundaria. Las aprobé y ahí estoy, ahí nos hemos conocido, chicos. Y no sólo el trabajo… con el tiempo también me reencontré con el amor —mira a Carlos con una sonrisa franca—, un tipo muy listo que siempre tuvo sus sospechas, que se guardaba para él.

—¡Qué suerte has tenido al encontrarte conmigo, Luisa!

—Pero, escucha, Carlos, aquella noche de su llamada ¿qué fue lo que te hizo sospechar de él?

—Siempre he desconfiado de Luis, ya lo sabes… pero aquella llamada inopinada, a deshora, fue lo que me alarmó; su forma de actuar en el pasado, sus manipulaciones y tejemanejes para caer bien a unos y a otros para luego enredar la madeja. De todas formas tampoco estaba completamente seguro, yo no creo mucho en intuiciones ni en corazonadas, creo en los hechos que puedo observar y por eso mantuve la boca cerrada. No era cosa de precipitarse en acusar a alguien sólo por el hecho de que te parezca un caradura. Una curiosidad que tengo, ¿tan importantes son aquellos libros y papelotes amontonados allí abajo como para llegar a cometer un secuestro?

—Todos ellos lo son —responde Luisa—, pero lo más significativo es el descubrimiento de la obra de R. C.; Robert Crayk era, hasta ahora, un autor prácticamente desconocido. Había referencias a su vida y obra en autores de la época, se le mencionaba en diversas fuentes, algunos autores posteriores reconocían la influencia del monje en su obra pero apenas se habían encontrado manuscritos suyos y ninguna copia, ¡y estaban aquí, tan cerca de nosotros! —explica Luisa.

—¿Por qué es tan importante R. C.?

—Es de los pocos autores que viaja él mismo y va narrando las peripecias de unos peregrinos, en su caso a Santiago de Compostela. Él mismo era un monje que procedía del monasterio de Dirham, en Escocia. Desde ese lugar comenzó su peregrinación a Santiago, llegó hasta Fontsanta donde permaneció algunos años, trabajando en la construcción de varios edificios y esculpiendo la piedra, como arquitecto y maestro cantero que era. De hecho, dejó sus iniciales grabadas en los sillares, junto con su peculiar marca, la figura de un gato. En el monasterio terminó su obra del Camino, en la que combinaba sus inquietudes aventureras con conocimientos ocultos y esotéricos.

—¿Acaso era un mago o algo así?

—Era un hombre muy completo, científico y artista a la vez, dedicado a la búsqueda del conocimiento y el saber. Fue un precursor, avanzado de una época que luego florecería brillantemente en Europa: el Renacimiento. A causa de sus actividades se ganó enemigos poderosos entre el clero, y según consta en documentos fue acusado de practicar artes mágicas, le prendieron, juzgaron y encontraron culpable. Fue encarcelado aquí en Fontsanta, en la cripta donde estuvo encerrado Arsenio Sivane... pero cuando fueron a buscarle para llevarlo a la hoguera, no había ni rastro de él... ¡Robert Crayk Newton había desaparecido!

—Ayer por la tarde tuve unos de sus escritos en mi mano —interviene Clara—, cuando se fue la policía y bajamos con el abad y el bibliotecario a revisar el desastre producido en el sótano. Aunque el fuego se pudo sofocar con cierta rapidez, se han perdido algunos manuscritos, pero curiosamente, se ha salvado la obra de Robert Crayk Por cierto, nuestro monje es difícil de comprender; escribe en inglés medio, la variedad de la lengua inglesa que se hablaba en la época en la que él vivió.

—Era la lengua de su tierra de origen. Quizás, debido a que nadie en el monasterio la entendía, quedó arrinconado en el subsuelo de la biblioteca de Fontsanta.

Se hace un silencio.

—Estoy pensando en Mara. Se ha metido en un buen lío, las acusaciones de encubrimiento y complicidad en un caso de secuestro son graves.

—Al parecer Luis ha declarado que siempre la mantuvo al margen de lo que ocurría, que la utilizó para sus planes. Ella tan sólo le acompañó al monasterio en un par de ocasiones... quizás sospechaba de algo raro y no lo dijo, cierto, pero eso es lo único de lo que se la puede acusar.

—¡Está sonando el timbre del portero automático! ¡Serán mis padres... y María!

Tomás se lanza a abrir la puerta que da al rellano de la escalera; ya se oye el suave zumbido del ascensor al subir, al parar... se abren las puertas y allí están los tres, sonrientes, relajados, contentos.

—¡María, hermanita! ¿Cómo te ha ido por aquellas tierras? —Tomás la abraza, la levanta en el aire y la niña ríe alegre.

—Nos ha ido muy bien.

—¿Qué tal, padre?

—Muy bien, hijo, ha sido un viaje estupendo —el padre lo abraza—, ya te contaremos con calma.

—Mamá, ¡pero qué guapa vienes! —Tomás abraza y besa a su madre.

—Y preocupada, muy preocupada; ya me contarás por qué no respondías ni en el teléfono de casa ni en tu móvil.

—He estado por ahí… ya hablaremos… y Carmen, ¿cómo está?

—Estupendamente, conoce ya a mucha gente y está contenta en las clases.

—Venga, pues vamos a meter todo el equipaje… están aquí unos amigos… ahora os presentaré, bueno, a algunos ya los conocéis…

—Tomás —dice María, su hermana pequeña—, te he traído un regalito de nuestro viaje… mira, estuvimos en una abadía que es muy famosa allí, ¿sabes? Está en el este de Escocia, cerca de la costa. ¿Cómo se llamaba, papá?

—Dirham. Parece ser que fue un monasterio muy importante en la Edad Media.

—¿Dirham? ¿Estuvisteis allí? —pregunta Tomás, asombrado.

—Sí, ¿te suena el nombre? Es muy conocido —responde su madre mientras se acomoda en uno de los sillones.

—¿Quieres ver lo que te he traído, Tomás?

—Luego, María —Tomás le pasa cariñosamente un brazo por los hombros a su hermana pequeña mientras caminan por el pasillo en dirección al salón—, ahora tenemos invitados…

—Venga, Tomás, estamos deseando todos que lo abras, por favor —interviene Carlos.

—Vale, pues dámelo entonces, yo también estoy deseando ver lo que me ha traído mi hermanita.

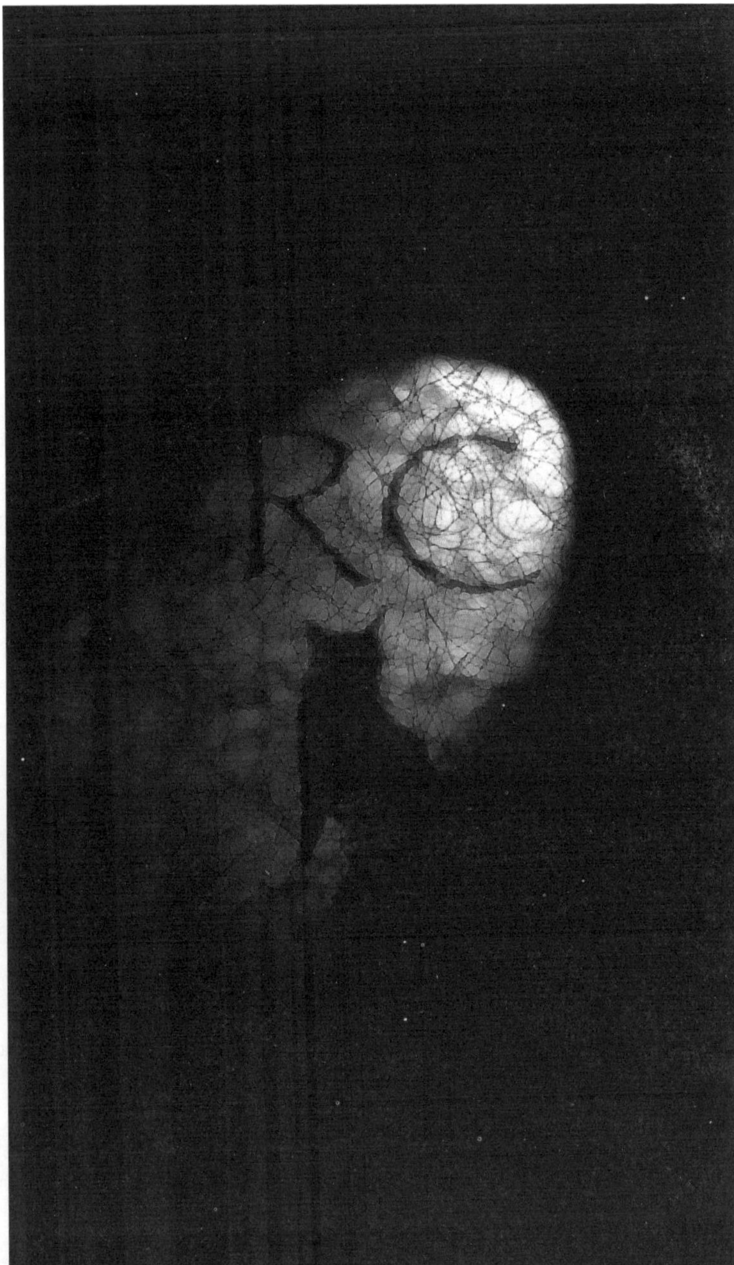
RC

María saca un paquete de su bolsa de viaje. Viene envuelto en un papel color sepia, corriente, de envolver y atado con una cuerda oscura.

—Toma. Lo compré en una tienda de recuerdos que había dentro del monasterio.

Dentro del paquete viene una pequeña bolsa de cuero marrón, una especie de zurrón que se puede colgar a la cintura, como solían llevar los monjes antaño cuando salían de los muros del convento.

—¡Es genial, María! ¡Qué idea tan estupenda has tenido!

—Sabía que te iba a gustar, porque a ti te encantan esas cosas antiguas… bueno, es una reproducción de la bolsa de un monje que vivió hace siete u ocho siglos —explica la niña—. No me acababa de decidir, pero el monje que atendía la venta me dijo: "¿For your brother? This would be perfectly all right". Entendí que me quería decir que si era para mi hermano escogiese la bolsa, porque le iba a encantar. Le pregunté cómo sabía que tenía un hermano, pero me respondió que no me entendía: "I'm sorry, I don't understand you". Así que la compré sin más.

—Me gusta mucho, gracias, corazón —Tomás besa a su hermana con cariño—. Además de bonita…

Tomás deshace el nudo que cierra la bolsa.

—Es muy práctica, me va a ser muy útil ¿sabes?

La abre. En la parte interior, grabadas sobre la piel sin curtir, hay unas iniciales: R. C. y el perfil de un gato sentado.

Capítulo X

Dos años más tarde.
Viernes 29 de enero.

En la biblioteca del monasterio de Fontsanta.

—Profesor, esta primera clasificación la tenemos prácticamente terminada. Sólo queda revisarla.

Tomás se sienta ante la pantalla encendida de un ordenador.

—¡Qué buenas noticias! Pero, ¿y la página web ya se puede consultar?

Arsenio se acerca con su andar despacioso de persona mayor hasta quedar de pie al lado de su alumno.

—Seguro. Todos los archivos están informatizados, las entradas registradas, el sistema de redes instalado... Elías perfilará los últimos detalles esta semana y lo tendremos todo listo para que aquellas personas que quieran acceder a la información bibliográfica de la biblioteca del monasterio, puedan hacerlo conectándose a Internet. ¡Su sueño se ha cumplido, profesor!

—Esto es una gran cosa, Tomás, ¡estoy verdaderamente muy satisfecho! y agradecido; han sido casi cuatro años de trabajo, y en los dos últimos tu ayuda ha sido inestimable, no podría haber encontrado un ayudante mejor... bueno, tú y el monje novicio y esa muchacha tan lista y tan guapa con la que sales y que nos echa una mano cuando acaba con lo suyo en esas excavaciones que están haciendo para recuperar la cripta.

—Sí —sonríe Tomás—. Y lo mejor es que ella y Elías continuarán con la labor en Fontsanta, gestionando todos estos recursos.

—¿Ha terminado ya el novicio sus estudios de Biblioteconomía?

—Está acabando, le quedará un año más o menos. Hoy mismo creo que se examinaba de alguna asignatura. Así que puede usted estar tranquilo y seguro de que él llevará todos los asuntos de la informatización de la biblioteca con gran eficacia. Por cierto, que la próxima semana Elías dejará de ser novicio...

—¿Cómo es eso?

—Va a tomar definitivamente los hábitos de monje. Será un momento muy importante para él; toda la comunidad de Fontsanta, además de su familia y amigos vamos a estar presentes en la ceremonia, ¿vendrá usted, profesor?

—Desde luego, si él me lo pide.

—Seguro que lo hará.

—Oye, Tomás, ¿y tú has decidido ya algo sobre el asunto del doctorado? Sabes que los cursos empiezan…

—Sí, lo sé. Me matricularé en cuanto regresemos a Santiago.

—¿Hay alguna materia que te llame especialmente la atención, algún aspecto de la Literatura, alguna época? Ahora que terminas la carrera ya tienes una visión de conjunto.

El profesor se ha sentado en una de las sillas de la enorme mesa que ocupa el centro de la habitación, desde allí, con los brazos apoyados en la mesa, las manos juntas, se dirige a Tomás:

—Claro, a ti siempre te ha gustado la narrativa contemporánea… En el trabajo aquel de los peregrinos ya apuntabas una visión moderna…

—Aquel trabajo estaba muy mal hecho, profesor… ahora me doy cuenta.

—No, Tomás, ya lo hemos hablado en otras ocasiones. Era la obra de un principiante, como lo hemos sido todos, pero ya apuntaba muchas cosas interesantes… Era el germen de algo con mucho sentido, tan sólo le faltaba trabajarlo un poco más, como luego demostraste en la segunda versión. Pero en aquel momento yo estaba muy tenso a causa de mis sospechas sobre lo que estaba ocurriendo en Fontsanta y probablemente no te guié de la forma en que debía haberlo hecho. Ese tipo de despistes los he tenido en varias ocasiones; a veces, lamentablemente, no he prestado toda la atención que de mí requerían mis alumnos… como fue tu caso... y el de María Luisa. ¡Y yo que me tenía por un gran profesor porque daba explicaciones eruditas en las clases! Cuántas veces, cegados por nuestras preocupaciones o intereses, perdemos de vista lo más importante: las relaciones con las personas que están a nuestro alrededor.

—Cierto... bueno, al curso siguiente Luisa y yo adaptamos mi trabajo para hacer unas piezas de teatro cortas. Ya le comenté que tuvimos mucho éxito con la obra.

—No me cabe duda, puesto que la idea era buena e hicisteis un gran esfuerzo para sacarla adelante. Me consta que aquello animó definitivamente a María Luisa a sacar sus muchas habilidades y de paso darme una gran alegría al aceptar impartir la asignatura de Creación Literaria en la Facultad.

—Y está muy contenta en ello. Volviendo al asunto del doctorado, profesor, quizás me decida por la Literatura Medieval Comparada. Todos los acontecimientos que vivimos en Fontsanta, incluida esta tarea en la que he colaborado con usted, han despertado mi curiosidad. Quiero profundizar en la obra de Crayk, ahora que, afortunadamente, la policía ha podido recuperar lo que nos faltaba de su obra. E intentaré conseguir una beca de post-grado en Edimburgo, para trabajar en el monasterio de Dirham.

—¡Vaya, qué estupendas novedades! Y... ¿has pensado ya en quién te dirigirá esa tesis tan prometedora?

—Tenía pensado pedírselo a un viejo profesor, catedrático de medieval en Santiago, que me amargó algún curso de la carrera y al que yo también fastidié lo mío, pero que luego, cuando trabajamos juntos y llegamos a conocernos mejor... pudimos entendernos e incluso apreciarnos.

—Ese profesor estará muy orgulloso de dirigirte la investigación, Tomás, muy orgulloso... y contento.

—Gracias, profesor.

—Gracias a ti, Tomás.

—Eh, Gato, ¡qué haces tú aquí, amigo!

Tomás le rasca la cabeza al gato negro y blanco que de un salto se ha encaramando sobre la mesa del ordenador.

—Eres muy atrevido.

Le rasca la cabeza, detrás de las orejas, bajo su suave barbilla.

—Profesor...

—Dime.

—Cuando ocurrió todo aquello de su secuestro...

—No te interrumpas, muchacho; no tengo ningún problema en hablar de aquel suceso.

—¿Ha logrado olvidarlo, entonces?

—En absoluto, y tampoco lo deseo, aprendí muchas cosas de aquella horrible situación, aunque no quisiera volver a vivirla. Pero continúa... ¿Qué me querías decir?

—Verá... yo tuve entonces... en algunos momentos, a causa de algunos sueños que le conté... la sensación de que alguien, alguna fuerza me guiaba y a veces me sentí como si me impulsase otra voluntad que no fuese la mía...

—Y eso te preocupa, te inquieta pensar que te movía alguna fuerza ajena a ti mismo.

—Así es, eso es lo que a veces he pensado.

—Tomás, tú tenías sueños que te contaban una historia sobre cosas que tu inconsciente parecía estar captando en el monasterio, pero luego actuabas por ti mismo, eras tú quien tomaba conscientemente las decisiones... no eras un autómata, ni estabas hipnotizado sino que eras plenamente dueño de tus actos. Lo demás... A veces tenemos que aceptar que no sabemos tanto como nos creemos y que la explicación a determinados asuntos puede permanecer en el misterio hasta que nos llegue el momento de comprenderla... si es que llega.

En ese preciso instante llaman a la puerta. Es Clara, que entra sonriente, todavía vestida con el mono de color blanco que usan los miembros del equipo de arqueólogos en sus trabajos.

—Buenas tardes, profesor.

Se dirige al muchacho sentado ante el ordenador, le rodea con sus brazos por la espalda y le besa en la mejilla.

—¡Felicidades, corazón!

Tomás responde con un beso en la muñeca de la muchacha, las chispas doradas de sus ojos relucen, ¡la mira con tanta emoción!

—Es mi cumpleaños, Arsenio, y lo vamos a celebrar en el restaurante de Carlos, con él y con Luisa. ¿Quiere venirse con nosotros?

—Felicidades, muchacho, que cumplas muchos más y que los demás podamos verlo —responde contento el profesor—. Te agradezco la invitación, pero disculpa que no vaya. Id vosotros, los jóvenes, y disfrutad.

—Como quiera, profesor, pero hay un sitio para usted, no lo dude.

—En otra ocasión nos juntaremos todos.

Un zumbido sordo suena reclamando la atención de Tomás.

—Un mensaje acaba de entrar en el móvil, ¿me disculpáis un momento?

—Claro.

El profesor le indica con un ademán de su mano que atienda el mensaje.

Feliz cumpleaños, Tomás, y hasta siempre.
R. C.

Tomás sonríe mientras escribe en la pequeña pantalla luminosa un mensaje de vuelta:

Feliz cumpleaños, hermano, dondequiera que te encuentres.
Tomás.

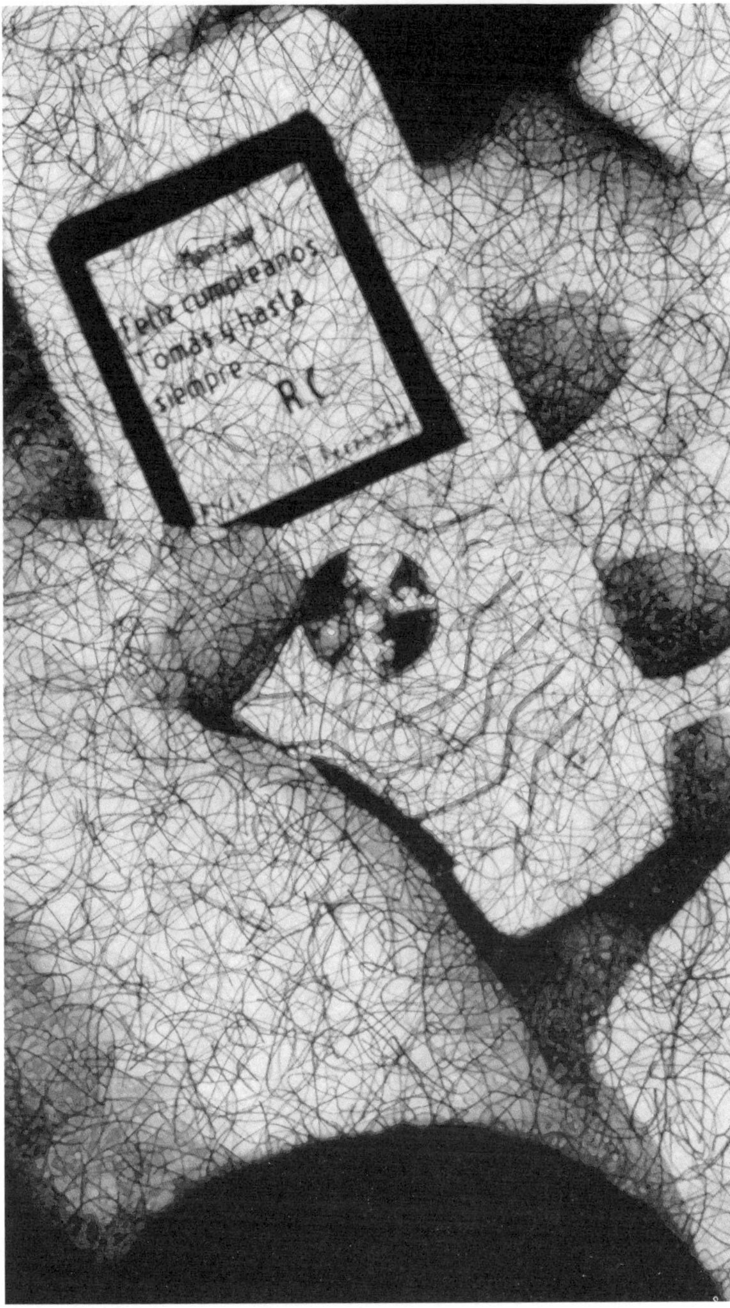
Feliz cumpleanos
Tomás y hasta
siempre
R.C

ÍNDICE